Inge Zinßer

Mordstour

Inge Zinßer
lebt in Hochdorf, einer kleinen Gemeinde im Kreis Esslingen. Sie ist Buchhändlerin und war lange Zeit in verschiedenen Sortimenten tätig. Weitere Schwabenkrimis von Inge Zinßer sind »Grabsharing« und »D'Beißzang vom Filstal«.

Inge Zinßer

Mordstour

Schwabenkrimi

Oertel+Spörer

Dieser Kriminalroman spielt an realen Schauplätzen. Alle Personen und Handlungen sind frei erfunden. Sollten sich dennoch Ähnlichkeiten mit lebenden oder verstorbenen Personen ergeben, so sind diese rein zufällig und nicht beabsichtigt.

2. Auflage 2019

Postfach 16 42 · 72706 Reutlingen

Titelbild: Inge Zinßer
Gestaltung: PMP Agentur für Kommunikation, Reutlingen
Lektorat: Bernd Weiler
Satz: Uhl + Massopust, Aalen
Druck und Bindung: CPI books GmbH, Leck
Printed in Germany
ISBN 978-3-88627-892-3

Kommissar Aichele hing mehr, als dass er saß auf seinem Bürostuhl. Er schaute wie weggetreten auf den PC, gähnte und riss dabei den Mund so weit auf, dass ihn Peter Zondler missbilligend ansah.

»Also woisch, do seh i ganz genau, was es heut zum Mittagessa in der Kantine geba hot. Hot dir dei Mutter koin Anstand beibracht?«, frotzelte Zondler.

»Sorry, des war koi Absicht«, nuschelte Aichele unter neuerlichem Gähnen zurück, »i bin halt so müd und lustlos.«

Er stand auf, öffnete das Fenster und nahm ein paar tiefe Atemzüge.

»Mir macht die Arbeit ja meistens Spaß, aber in letzter Zeit ist es doch recht langweilig, findest du nicht auch? Immer das Gleiche, da ein Totschlag, dort ein Versicherungsbetrug mit Todesfolge. Und dann immer dieser unendliche Papierkrieg. Wenn wir wenigstens mal wieder so eine richtig spannende Sache hätten, wie zum Beispiel letztes Jahr in Glückhausen mit der Leiche zu viel im Grab, aber so. Ich glaub, ich hab erstens extreme Frühjahrsmüdigkeit und zweitens bräuchte ich mal ein paar Wochen Urlaub.«

»Dann hab ich schlechte Nachrichten für dich Aichele, sehr schlechte sogar. Ab übernächster Woche hab nämlich ich Urlaub, drei Wochen lang, abgesegnet und genehmigt von oberster Stelle. Das tut mir jetzt echt leid für dich.«

Aichele stöhnte gequält auf. Das durfte doch nicht wahr sein! Bloß weil er ein paar Tage später als Zondler sein Urlaubsgesuch eingereicht hatte. Gleichzeitig konnten sie natürlich nicht weg und so musste er sich wohl in sein Schicksal fügen.

»Ich gönn dir's ja, aber es ist trotzdem eine Sauerei. Hoffentlich gibt's was zu tun, nicht dass ich hier drei Wochen lang alte Akten bearbeite.«

Er setzte sich wieder an seinen Schreibtisch und ließ den Kopf auf die Platte fallen. Der Kommissar machte einen jämmerlichen Eindruck.

»Schreibst du mir wenigstens eine Ansichtskarte, von wo auch immer. Was machst du überhaupt mit so viel freier Zeit?«

»Aber gerne doch. Ich weiß auch noch nicht, wo's endgültig hingeht. Hab ich gesagt, dass ich diesmal mit Jette in Urlaub fahre? Irgendwas mit Wandern. Dieses Wochenende wollen wir die Tour planen.«

»Aha. Drei Wochen sind lang, da könnt ihr ja direkt pilgern gehen oder den Schwarzwaldhöhenweg bis Freiburg runterwandern. Also eine Mordstour machen. Falls deine alten Gebeine das aushalten. Möglichkeiten gibt es viele.«

Aichele lächelte seinen Kollegen hämisch an. So langsam kam wieder Leben in ihn. Er ging zur Kaffeemaschine und schenkte sich einen Becher Kaffee ein.

»Dann wünsch ich euch viel Spaß. Und sag der Jette, dass ich dich gerne ablöse, wenn du vor lauter Blasen an den Füßen nicht mehr laufen kannst. Vielleicht ist sie ja lieber mit einem jungen, sportlichen Mann unterwegs als mit dir altem Zausel«, grinste er provozierend zu Zondler hinüber.

Der nahm's gelassen und sagte nur, er solle gefälligst

sein freches Mundwerk halten. Die Uhr zeigte inzwischen kurz vor fünf und somit war Feierabend für diese Woche. Aichele trank seinen Kaffee aus und stellte die Tasse in die Maschine. Zondler räumte seinen Schreibtisch auf. Zwar lag noch eine Woche Arbeit vor ihm, aber er wollte alles, was möglich war, noch erledigen. Als sie das Büro verließen, meinte Zondler noch:

»Und was Glückhausen betrifft: du denkst da bestimmt mehr an den Kartoffelsalat im Hirsch, als an den Fall. Aber was hindert dich eigentlich, nur so mal hinzufahren und dort was zu essen, ist ja keine Weltreise.«

»Vielleicht mach ich das wirklich demnächst, keine schlechte Idee. Also dann, mach's gut Peter und schönes Wochenende!«

»Danke, dir auch. Ich freu mich schon darauf, die Tour zusammenzustellen. Bis Montag!«

Am Samstagmorgen öffnete Zondler schlagartig die Lider und sah sich panisch um, die Augen weit aufgerissen. Gott sei Dank! Es war hell und er lag in seinem Bett! Alles war gut.

Mannomann, das war ein Traum gewesen, so was von real und beängstigend. Er konnte sich noch daran erinnern, dass er in einem Sarg lag, und dass sowohl Licht, als auch die Atemluft immer weniger wurde. Und er hörte den Bagger, der die Erde über ihm aufschüttete. Ein schauerliches Lachen war zu hören. Seltsamerweise hatte der Sarg keinen Deckel, denn als er hochsah, schob sich der Kopf von Totengräber Ludwig aus Glückhausen über den Grabrand. Das Gesicht war zu einer hämischen Fratze verzerrt. Er hoffte inständig, dass er nicht sein baldiges Ende geträumt hatte, grade jetzt, wo das Leben doch so schön war.

Wahrscheinlich lag es daran, dass Kollege Aichele und er sich gestern kurz über den Friedhofsfall von Glückhausen unterhalten hatten. Genau genommen hatte er eigentlich nur vom Kartoffelsalat im Hirschen geredet. Bei dem Gedanken an Kartoffelsalat hörte er ein lautes Knurren aus seiner Leibesmitte, sein Magen hatte die Botschaft wohl verstanden und meldete Bedarf. Sein Puls schlug inzwischen wieder normal und er war vollends in der Gegenwart angekommen. Auch die Fratze mit den gefletschten Zähnen vom Totengräber verblasste. Der Arme, wenn der wüsste, das war doch ein ganz harmloser Mensch gewesen!

Er schlug die Decke zurück, stand auf und schlurfte ins Bad. Sein dienstfreies Wochenende begann mit einer erfrischenden Dusche. Nach einem ausgedehnten faulen Frühstück räumte er den Esstisch ab und brachte die Küche in Ordnung. Allerdings nur das Nötigste. Das Wetter war zu schön, um die Wohnung zu putzen. Außerdem hatte er heute Morgen einiges vor. Ihn zog es hinaus, genauer gesagt, zu Jette in den Buchladen. Seit sie beide richtig zusammen waren, war sein Leben um vieles bunter geworden. Vorbei die einsamen Abende allein vor dem Fernseher, auf dem Schoß ein Vesperbrettle mit einem Ripple und einem Gürkle. Der Kühlschrank war wieder voller, und er kochte bei Weitem mehr als früher. Nicht nur sonntags oder wenn er richtig viel Zeit hatte. Das hatte ihm zwar schon immer Spaß gemacht, aber seit sie meistens gemeinsam aßen, war es viel schöner.

Schon längere Zeit hatten sie darüber geredet, wie sie ihren Pfingsturlaub gestalten wollten. Es würde der erste gemeinsame Urlaub sein und sie waren sich einig, dass sie nicht an irgendeinem Strand herumliegen wollten, sondern es sollte etwas Besonderes werden. Etwas, woran man sich auch nach zwanzig Jahren noch gerne erinnerte. Da sie beide sehr naturverbunden waren, lag die Idee einer längeren Wanderung, am besten hier im Schwäbischen, nahe. Man meinte immer, alles zu kennen, in Wahrheit war man aber nur mal dran vorbeigefahren. Sollten sie mit dem Rad fahren? Von seiner Seite aus gerne, aber Jette mochte Rad fahren nicht, sie meinte, sie müsse dabei zu sehr auf die Straße achten und sehe deswegen zu wenig von der Umgebung. Außerdem bereiteten ihr enge Kurven oder geschotterte Wege ziemliche Probleme. Mit einem Wort: sie hatte Schiss und es würde keine Entspannung für sie sein, mit dem Rad zu fahren. Das einzig Wahre sei sowieso, die Welt zu Fuß zu erkunden und so, langsam und intensiv, die Natur auf sich wirken zu lassen. Das war ihre Meinung. Sie halte es da ganz mit dem guten alten Goethe, der geschrieben habe: »Nur wo du zu Fuß warst, bist du auch wirklich gewesen.« Mit diesen Argumenten konnte Zondler nicht konkurrieren und auch sein letzter Vorschlag kam nicht gut an.

Jette könne doch einen VHS-Kurs über Fahrradfahren belegen, dann würde es sicher besser werden mit den engen Kurven. Der Witz prallte eindeutig ab, ihn traf ein wütender Blick. Sie entgegnete leicht angefressen, dass es bei ihm sicher auch Dinge gäbe, die er nicht gut könne. Er sagte vorsichtshalber nichts mehr zu dem Thema und willigte in den Fußmarsch ein. Eine lange Wanderung hat auch wirklich ihren Reiz. Genau deshalb wollte er heute in den Buchladen, um sich bei den Wanderführern umzuschauen.

Keine Stunde später stand er vor dem Regal mit den Reiseführern und vertiefte sich in verschiedene Bücher nebst Landkarten. Jette bediente gerade eine ältere Dame, die unschlüssig in einigen Geschenkbänden blätterte und an jedem etwas auszusetzen hatte. Schließlich entschied sie sich für das Kleinste und ließ es sich an der Kasse noch besonders aufwendig als Geschenk einpacken. Fast unmerklich seufzend kam Jette zu ihm.

»Na du, ausgeschlafen? Irgendwie ist heut nicht mein Tag. Entweder sind die Kunden komisch oder ich. Aber immerhin ist Samstag, ich werd's vollends aushalten«, meinte sie lächelnd.

»Arme Jette. Es kommen sicher auch noch nette Leute.«

»Hoffentlich, sonst werde ich ranzig und lass meine üble Laune an dir aus. Spätestens heute Abend.«

»Glaub ich dir nicht. Ich koch uns was und wir machen uns einen schönen Abend mit Urlaubsvorbereitungen.«

»Das ist gut. Ich werde ein wenig Entspannung nötig haben. Lieb von dir, bis später. Da drüben trommelt schon wieder einer ungeduldig mit den Fingern an der Kasse. Wir sind heute unterbesetzt, zwei Kolleginnen weniger, eine ist krank, die andere hat Urlaub«, flüsterte sie leise und weg war sie.

Zondler vertiefte sich noch einmal in die Wanderliteratur und kaufte dann einen der Führer, weil er sich gleich damit in ein Café setzen wollte. Das restliche Material würde Jette am Nachmittag mitbringen.

Das Wetter war heute so angenehm, dass Zondler sich am Königsbau im Freien niederlassen konnte. Endlich!

Der Frühling kam dieses Jahr sehr verspätet, alle sehnten sich nach Sonne und Wärme. Der Kaffee war gut und wärmte von innen. Er war eins mit der Welt und sich. Der Wanderführer war mit sehr schönen Bildern ausgestattet, sodass man sofort Lust bekam, loszulaufen. Das Lautertal wurde darin ausführlich beschrieben. Das kannte er natürlich. Schon oft war er auf dem Weg nach Zwiefalten durchgefahren. Auch die Wimsener Höhle kannte er, aber eben alles nur mit dem Auto. Zu Fuß eröffneten sich ganz neue Perspektiven. Er las sich fest, bestellte noch einen Kaffee und bemerkte irgendwann, dass er schon mehr als eineinhalb Stunden hier saß. Aber warum nicht? Das Leben war schön und er hatte heute alle Zeit der Welt.

Der Nachmittag ging genauso erfreulich weiter. Zondler war noch in der Markthalle gewesen und hatte einen Haufen Grünzeug eingekauft, aus dem er eine leckere Gemüsepfanne zubereitete. Jette mochte das sehr gerne und auch er schätzte Gemüse in letzter Zeit mehr. Seine Hosen konnte er mittlerweile eine Nummer kleiner kaufen und nein, Hunger musste er nicht leiden. Nur wenn er mit dem Kollegen Aichele in die Kantine ging oder bei einem Einsatz unterwegs war, kamen seine guten Vorsätze ins Straucheln. Sein Kollege Aichele war dünn wie ein Strich und konnte essen so viel er wollte, der nahm kein bisschen zu. Kam vielleicht auch vom vielen Sport. Aber er selber hatte oft Schwierigkeiten, seine Gelüste in puncto Deftiges nicht überhandnehmen zu lassen. Alte Gewohnheiten sind eben schwer zu ändern. Er hatte heute auch noch zwei Rindersteaks mitgenommen, und zwar von bester Qualität. Besser nicht so häufig Fleisch, aber dafür ein wirklich gutes. Jette hatte sein Bewusstsein für Ernährung in den letzten Monaten nachhaltig beeinflusst. Naja, nicht immer, das musste er zugeben, aber immer öfter. Er war gerade dabei, die Gemüsepfanne abzuschmecken, als er den Schlüssel in der Tür hörte. Jette hatte Feierabend und kam nach Hause. Sie wohnten zwar noch nicht zusammen, besuchten sich aber gegenseitig sehr häufig.

»Hallo, ich bin's«, tönte es vom Flur, »hier riecht's aber ausgesprochen lecker! Ach ist das toll, wenn man nach des Tages Mühe und Plage heimkommt und da steht der Mann am Herd und hat was gekocht. Das gefällt mir! Und wenn er dann auch noch so eine entzückende Blümchenschürze anhat!«

Jette umarmte Peter von hinten und drückte ihn ordentlich, wobei sie mit den Rüschen der alten Schürze spielte. Normalerweise zog er so etwas nicht an, aber er hatte sein schönstes Sonntagshemd an und wollte es nicht verspritzen.

»Einen schönen Mann kann nichts entstellen. Der alte Fetzen ist glaub noch von meiner Mutter. Schön, dass du da bist. Essen ist auch gleich fertig. Ich muss nur noch die Steaks in die Pfanne werfen, dann kann's losgehen.«

Jette verkniff sich klugerweise den Kommentar wegen des Fleischs. Mit einer Hand rührte er noch mal in der Gemüsepfanne, mit der anderen streichelte er über Jettes Wange. Sie verschwand kurz im Bad und setzte sich dann an den gedeckten Tisch. Sie plauderten über dies und das und ließen es sich schmecken, wobei sich Jette mehr ans Gemüse hielt und Peter noch die Hälfte ihres Steaks überließ.

Für Jette war der Tag bisher nicht so toll gewesen. Sie liebte ihren Beruf wirklich, aber an manchen Tagen brauchte sie viel Geduld. Heute waren einige Kunden da gewesen, die ihr tierisch auf die Nerven gegangen waren. Unhöflich, arrogant und von oben herab wurde man als Verkäuferin oft behandelt. Dabei war es gänzlich egal, ob man in einem Kleidergeschäft oder in einem Buchladen arbeitet. Diese Spezies Mensch braucht jemanden zum Dampf ablassen und sich einfach mächtig zu fühlen. Oder ist es nur pure Gedankenlosigkeit? Auf jeden Fall nicht schön für die Dienstleister. Sie erzählte Peter von dem Schnösel, der ein einwandfreies Buch nicht nehmen wollte, weil es nicht in Plastikfolie eingeschweißt war und der dann versuchte, den Preis zu drücken. Aber da hatte er sich geschnitten, schließlich gab es im Buchhandel die Preisbindung. Er wollte dann umgehend den Geschäftsführer sprechen, aber leider, leider war der derselben Meinung wie die kleine Buchhändlermaus. Empört verließ der Kunde den Laden. Die Oma mit den zwei kleinen Kindern hatte das aber wieder wettgemacht. Sie suchten zusammen für jedes Kind ein Bilderbuch aus. Jette hatte es große Freude gemacht, zu beraten und zuzuhören. Jetzt war aber endlich Wochenende und sie war froh, die Beine hochlegen zu können.

Nach dem Essen breiteten sie die Wanderführer und Landkarten auf dem Tisch aus und machten sich kundig über die Schönheiten der Alb. Natürlich war es überall am schönsten, die Auswahl fiel schwer. Aber nach drei Stunden hatten sie die Tour grob ausgearbeitet. Wenn das Wetter mitspielte, dann stand einem schönen Urlaub nichts im Weg. Noch eine Woche arbeiten, dann konnte es losgehen. Sie konnten es beide kaum erwarten!

Am Vorabend der Abreise stand Jette in ihrem Wohnzimmer. Rings um sie lag alles, was sie in den Rucksack packen wollte oder auch nicht. So wenig wie möglich und so viel wie nötig. Für ungefähr zwei Wochen brauchte man schon ein paar Dinge, aber ihre Auswahlkriterien waren streng. Hauptsache kein Gewicht auf den Schultern, denn das spürte man nach einiger Zeit ordentlich im Nacken und dann machte das Laufen keinen Spaß mehr. Sie hatte da so ihre Erfahrungen. Ihre letzte große Tour war viele Jahre her, sie war damals mit einer Freundin eine Woche lang durch die Highlands in Schottland gelaufen. Es war wirklich toll gewesen, aber der Rucksack wog gute zehn Kilo und sie hatten unterwegs noch dies und das gekauft. Also lange gelaufen waren sie nie, die Last war zu groß, meistens schafften sie es nur zum Zug oder zum Bus. Und ein kleines bisschen faul waren sie auch gewesen.

Aber schließlich lernt man aus Fehlern und so stand sie jetzt da und dünnte rigoros aus. Nur zwei Paar Socken, zwei Unterhosen, ein Schlafhemd, zwei T-Shirts, eine dünne Ersatzhose. Natürlich die Fleecejacke gegen die morgendliche Kälte und, falls es regnen sollte, noch die Regenjacke drüber. Schuhe, hm, das war schwierig, denn die wogen wirklich. Aber man konnte auch nicht abends noch in den Wanderschuhen rumlaufen, irgendwann mussten die Füße mal Luft schnappen. Also die Sandalen noch rein in den Rucksack. Die Kosmetikprodukte hatte sie schon in kleine Behälter umgefüllt oder gleich Minigrößen gekauft, die es jetzt überall gab. Das war sehr praktisch. Es hieß, dass die echten Profis sogar die Etiketten aus ihren Kleidern trennten, um Gewicht einzusparen.

Was war noch wichtig? Blasenpflaster! Das konnte die ganze Tour retten. Außerdem noch ein Stift, die Landkarten natürlich und dann die Frage aller Fragen: Sollte sie ein Buch mitnehmen? Normalerweise ging sie wirklich nirgends ohne hin, aber diesmal? Die Abende würden ihr sicher nicht langweilig werden, Peter war schließlich dabei. Was soll's, das wird jetzt mal ohne probiert, beschloss Jette. Ein spannendes Experiment. Zur Not würde es auch mal irgendwo eine Zeitung geben.

Jette freute sich sehr auf den Urlaub! Die Zuneigung zu Peter hatte sich immer mehr vertieft und ihr ging es wesentlich besser als vor einem Jahr. Die Schübe der Depression, an denen sie phasenweise gelitten hatte, kamen viel seltener. Zum Großteil war das Peter zu verdanken, der ihr Liebe und Sicherheit bot, aber auch ihr Therapeut hatte großen Anteil daran. Den Ersten hatte sie nach kurzer Zeit gewechselt und nun war sie schon seit Längerem bei einem psychologischen Homöopathen in Behandlung.

So, jetzt war fast alles verstaut, der Rest würde sie dann morgen in den Rucksack packen. Jette stellte ihn in den Flur, zog die Turnschuhe an und ging noch auf ein Glas Bier mit ihrer Freundin zum »Hoorschlotzer«. Die saß schon hinten in der Ecke und hatte ein Hefeweizen vor sich stehen. Sie begrüßten sich herzlich und tauschten dann die Neuigkeiten der letzten Wochen aus. Jette hatte eine Übersichtskarte mitgebracht und zeigte ihrer Freundin darauf den geplanten Verlauf ihrer Wanderung. Sie beschrieb ihr genau die Laufstrecke und wo sie überall übernachten wollten.

Agnes war fast etwas neidisch auf die Wandertour, wünschte Jette aber natürlich eine wunderbare Zeit und vor allem auch gutes Wetter. Sie selber kam kaum noch weg, denn die Familie kam immer an erster Stelle. Aber irgendwann, nahm sie sich vor, würde sie auch mal so eine Wanderung machen. Jette versprach, von unterwegs zu schreiben. Allzu spät wurde es nicht. Agnes musste früh raus. Mit kleinen Kindern ist es für einige Jahre vorbei mit dem Ausschlafen und Jette war doch etwas kribbelig wegen der bevorstehenden Tour. Sie wollte ihre Packliste noch einmal kontrollieren. Vor der Wirtschaft trennten sie sich nach einer kurzen Umarmung, die eine ging nach links, die andere nach rechts.

Heute war es so weit. Zondler holte Jette pünktlich um acht Uhr in ihrer Wohnung ab. Der Rucksack stand bereits zugeschnürt im Flur und sie war so gut wie fertig. Nur noch mal schnell schauen, ob alle Fenster geschlossen waren, noch ein letztes Mal aufs Klo, Tür zu und ab. Voller Vorfreude fuhren sie nach Kirchheim, dort die Albsteige hinauf Richtung Münsingen. Von hier war es nur noch ein kleiner Hüpfer bis Buttenhausen im Lautertal, ihrem Ausgangspunkt. Das Auto ließen sie dort stehen, denn sie wollten über mehrere Tage einen weiten Bogen laufen und dann wieder an diesem Wanderparkplatz ankommen. Sie überquerten die Holzbrücke, die sie auf die andere Seite der Lauter brachte, und gingen ein Stück die asphaltierte Straße entlang.

»Du, hier muss jetzt gleich ein Weg zu dem jüdischen Friedhof führen, den sollten wir uns anschauen. Schau, da vorne ist ein Wegweiser!«

Jette hatte den Wanderführer genau studiert und nachgelesen, was es an Sehenswertem auf ihrer Route gab. Sie bogen nach rechts ab und liefen ein Stück den Berg hinauf bis zum Friedhof. Still standen sie da und betrachteten die mehr als hundert Grabsteine. Die Inschriften waren auf Deutsch und auf Hebräisch.

»Wusstest du, dass die jüdischen Familien hier 1787 angesiedelt wurden. Ungefähr die Hälfte der Bevölkerung bestand aus Juden. Das Zusammenleben funktionierte, der Ort florierte, es gab hier sogar eine Realschule und ein reges geschäftliches Leben. So lange, bis der Nationalsozialismus aufkam. Dann brannten auch hier die jüdischen Häuser und die Synagoge und wer konnte, floh noch rechtzeitig. Die restlichen Bewohner fielen dem Holocaust zum Opfer.«

Sie gingen eine Weile schweigend zwischen den Grabmalen umher und dachten an die vielen Schicksale, die sich hier in diesem kleinen Dorf zugetragen hatten. Dann gingen sie immer noch nachdenklich zurück ins Tal.

Das Wetter war wie gemacht zum Wandern. Der Weg führte malerisch an der Lauter entlang und es war ruhig um sie herum. Das war das Allerschönste, diese wirkliche Ruhe! An den Wochenenden brummte es hier vor lauter Motorrädern, denn die kurvige Strecke machte den Fahrern großen Spaß. Aber wochentags war so gut wie niemand unterwegs. Außerdem verlief der Wanderweg ein gutes Stück von der Straße entfernt. Oft auch hinter den Häusern, sodass sie viele schöne Bauerngärten sahen, die meisten mit einem kleinen Steg an der Lauter. Enten gab es auch jede Menge. Das reinste Paradies war dieses kleine Flüsschen. Sie kamen gut voran, einmal legten sie eine Vesperpause ein, der Tisch mit den Bänken direkt am

Fluss sah sehr einladend aus. Sie ließen sich ihre belegten Brote schmecken und zogen eine Weile die Schuhe aus. Am frühen Nachmittag waren sie schon in Indelhausen und wanderten von dort die recht steile Strecke Richtung Hayingen hoch, ihrem ersten Tagesziel. Auf der Höhe gabelte sich der Weg und führte rechts weiter durch einen Wald, der sie nach recht kurzer Zeit an den Ortsrand der kleinen Stadt brachte. Das Zentrum war schnell erreicht.

»Du Jette, schau mal da drüben, das ist doch das Haus aus der Zeitung, oder?«

Zondler deutete auf ein auffällig Orange angestrichenes Haus, mit gelben gezackten Fensterrahmen. Über die Gestaltung stritten die Hayinger schon eine ganze Weile und waren damit immer mal wieder in der Presse vertreten.

Die einen meinten, es sehe schauderhaft aus und würde nicht zum alten Stadtbild passen, noch dazu gleich neben der Kirche. Andere sagten, es sei erstens Privatsache, wie man sein Haus anstreiche und außerdem eine farbenfrohe Abwechslung. Jette blickte Zondlers ausgestrecktem Zeigefinger nach.

»Ja genau, das ist es. Also es ist natürlich gewöhnungsbedürftig, aber warum eigentlich nicht. Was meinst du?«, fragte Jette.

»Mir es schon ein bissle zu scheckig, aber andererseits gibt es sicher Schlimmeres auf der Welt. Ich hab gelesen, das Landratsamt hat sich gegen die Bemalung entschieden, bin gespannt, wie und ob das weitergeht mit einem Einspruch.«

Sie bogen nach links zum Hotel Kreuz ab, dort hatten sie ein Zimmer gebucht. Als sie sich häuslich eingerichtet und etwas erfrischt hatten, schlenderten sie hinüber zum dazugehörenden Gasthaus, um zu Abend zu essen.

Auf dem Kirchplatz war es unvorstellbar still für einen Stuttgarter. Sie waren die einzigen Gäste im Lokal und wurden regelrecht verwöhnt. Die Wirtin war freundlich und auch sehr gesprächig. Nach kürzester Zeit wussten sie fast alles über die nähere Umgebung. Frau Eisele war auch eine begeisterte Wanderin und gab ihnen einige Tipps. Endlich im Bett, streckte Zondler die Beine in die Luft und sagte:

»Uff, so ein wenig spür ich die Lauferei schon, das wird sicher einen Muskelkater geben. Schließlich bin ich alter Mann nicht so lange auf den Füßen, wie du in deinem Laden.«

»Stimmt, du alter Sesselfurzer«, spottete Jette, »wird Zeit, dass du gefordert wirst. Das am Schreibtisch sitzen ist sowas von ungesund! Warte ab, nach dem Urlaub kannst du überhaupt nicht mehr still sitzen.«

»Für den Moment bin ich ganz froh, wenn ich still in meinem Bett liegen darf«, murmelte Zondler schon schlaftrunken und weg war er, eingeschlafen und wahrscheinlich träumte er von Sänften oder anderen Beförderungsmitteln, die ihn ohne Anstrengung durch die Landschaft trugen.

Am nächsten Morgen war es dann gar nicht so schlimm mit dem Muskelkater. Nach einem leckeren Frühstück verabschiedeten sie sich von Frau Eisele, die ihnen auch noch ein Vesper einpackte.

»Damit ihr unterwegs net schlapp machet«, meinte sie.

Heute ging es über die Wimsener Höhle weiter nach

Zwiefalten und von dort Richtung Upflamör. Eine recht einsame Gegend mit viel Wald. Auf dem Stück Landstraße hinter Zwiefalten, an der sie eine Weile entlanggehen mussten, kamen ihnen allerdings erst noch etliche Autos entgegen, die auf dem Weg ins Städtle waren. Da hieß es aufpassen, denn diese rechneten nicht mit Wanderern auf ihrer Strecke. Endlich konnten sie wieder in einen Wanderweg abbiegen und es wurde ruhiger. Die leichten Verspannungen in den Beinen vom vorhergehenden Tag lockerten sich mit der gleichmäßigen Bewegung bald wieder. Jette hatte allerdings ein kleines Problem mit den Fußballen. Die brannten nach stundenlangem Laufen und sie war kurz davor, Blasen zu bekommen. Dank dem Blasenpflaster im Rucksack, ging das grade noch mal gut, und sie hatte keine Schmerzen mehr. Sie liefen und liefen und begegneten keinem Menschen.

Irgendwann waren die Beine aber dann sehr müde. An einer Lichtung neben dem Wanderweg wollten sie eine längere Pause machen. Sie sahen schon von Weitem eine kleine Schutzhütte mit einer Bank davor, der ideale Platz für eine Rast. Als sie sich näherten, hörten sie ein leises Knurren oder Fiepen. Was war das? Zondler bedeutete Jette, sie solle zurückbleiben.

»Ich schau mal nach, vielleicht ein verletztes Tier«, sagte er.

Er ging langsam auf den Eingang der Hütte zu, die keine Tür hatte. Die Öffnung war eng und dunkel, er konnte nach dem intensiven Sonnenlicht erst gar nichts sehen.

»Hallo, ist da jemand?«, fragte er in die Finsternis hinein. Keine Antwort. Aber er hörte immer noch diesen merkwürdigen Jammerlaut. Seine Augen gewöhnten sich an das dämmrige Licht. Er sah jetzt deutlich einen Hund auf dem Boden liegen. Es roch vertraut und leider nicht gut. Zondler war lange genug Polizist, um den Geruch des Todes sofort zu erkennen.

»Jette, da ist ein Hund, ich glaub, dem fehlt was. Kennst du dich mit Hunden aus?«, rief er nach draußen.

Jette kam näher.

»Nein, überhaupt nicht. Hoffentlich beißt er nicht, wenn du näher rangehst. Er hat sicher schlechte Erfahrungen gemacht. Meinst du, jemand hat ihn ausgesetzt?«, fragte sie zaghaft.

»Keine Ahnung, ich kann bis jetzt nichts erkennen. Es ist so dunkel hier drin. Gib mir doch mal die Taschenlampe, die du eingesteckt hast.«

Jette kramte sie hervor und reichte sie Zondler. Der schaltete sie an und leuchtete erst vorsichtig über den Boden, um den Hund nicht zu erschrecken. Aber dann war er derjenige, der erschrak und nicht wenig. Fast am Eingang lag ein Collie, sein Kopf ruhte auf den Beinen eines Mannes, der mit dem Rücken zu einer Bank mehr lag als saß. Dieser Mann war eindeutig tot. Sehr tot. Und zwar nicht erst seit ein paar Stunden, den Fliegen nach zu urteilen.

Zondler seufzte tief auf. Musste das sein? Da hatte er mal Urlaub, war gerade dabei sich endlich Tiefenzuentspannen und dann fand ausgerechnet er eine Leiche. Ignorieren konnte man die aber auch nicht. Er versuchte, den Hund herauszulocken, was nach einiger Zeit auch mittels der Wasserflasche gelang. Das arme Tier saß wahrscheinlich schon eine ziemlich lange Zeit bei seinem toten Besitzer und bewachte ihn. Es musste sehr durstig sein.

Jette gab ihm aus ihrem Plastikgeschirr zu trinken und

der Collie schlabberte gierig. Zondler erzählte Jette, was er in der Hütte gesehen hatte, und dass er jetzt die Polizei rufen müsse. Die Rast würde wohl um einiges länger und dafür unangenehmer werden als geplant.

»Ne, oder? Das ist ja furchtbar! Und der arme Hund. Mit dir kann man nirgendwohin, anscheinend hast du eine gewisse Anziehungskraft für merkwürdige Todesfälle.«

»Ich hab's nicht absichtlich gemacht, das kannst du mir glauben«, seufzte Zondler. Er holte sein Smartphone heraus und wählte die Nummer von Aichele, seinem Kollegen in Esslingen. Letztes Jahr war ihre Dienststelle noch in Stuttgart gewesen, aber inzwischen war einiges umstrukturiert und sie hatten nun ihr Büro in Esslingen. Der Aichele saß dort hoffentlich brav am Schreibtisch und arbeitete. Dem war auch so.

»Hallo, Peter, i denk du hosch Urlaub. Warum rufsch du denn scho wieder an. Sehnsucht nach der Arbeit?«, meldete er sich.

»Überhaupt net. Aber du glaubschst es nicht, wir haben hier grad einen Toten gefunden. Ich hätt nicht gedacht, dass du des mit der Mordstour so wörtlich gmoint hosch, als wir über den Urlaub gwschätzt hen«, sagte Peter Zondler.

Er berichtete Aichele, was sich zugetragen hatte und bat ihn, die zuständige Polizeistelle zu benachrichtigen. Er war sich nicht ganz sicher, ob sie sich noch im Landkreis Reutlingen und somit in ihrem zuständigem Bezirk befanden oder schon auf Sigmaringer Gebiet. So gut es ging gab er Aichele eine Ortsbeschreibung, und der versprach, sich schnellstens darum zu kümmern.

Allerdings vergingen bestimmt anderthalb Stunden,

bis sich ein Streifenwagen über den Wanderweg näherte. Zondler und Jette hätten alle Zeit der Welt gehabt, um ausführlich zu vespern, aber der Appetit war ihnen gründlich vergangen. Sie gaben dem Hund die belegten Brote. Der war so ausgehungert, dass er sie gierig verschlang. Er schien froh über ihre Gesellschaft zu sein, vielleicht auch darüber, die Verantwortung für sein totes Herrchen an die Menschen weitergeben zu können.

Die zwei Polizisten tippten sich an ihre Mützen und ließen sich berichten. Als sich herausstellte, dass Zondler ein Kollege von der Kripo war, wurde die Stimmung gleich etwas lockerer. Sie sahen sich den Mann in der Schutzhütte kurz an und stellten fest, dass das nicht unbedingt ein natürlicher Tod gewesen sein konnte. Also erst einmal alles so lassen und die Kripo samt Spurensicherung bestellen. Das dauerte dann natürlich noch mal ziemlich lange. Aber es war nicht zu ändern und Jette sah ihr abendliches Ziel in weite Ferne rücken.

»Was meinst du, wann kommen wir hier wohl weg? Und wir haben doch auch noch etliche Kilometer vor uns bis Heiligkreuztal. Ob wir das überhaupt noch schaffen? Vielleicht sollten wir dort mal anrufen?«, fragte sie etwas besorgt bei Peter nach.

»Abwarten. Also hier sind wir sicher noch ein, zwei Stunden schätze ich. Aber ich werd die Kollegen bitten, uns anschließend in Heiligkreuztal abzusetzen. Den Gefallen müssen sie uns schon tun, das ist sicher kein Problem.«

»Gut, eine Sorge weniger. Aber schade ist's schon um den schönen Tag. Allerdings sind wir nicht die Hauptleidtragenden. Da gibt's einen, der ist schlimmer dran als wir.«

»Genau genommen sogar zwei. Der arme Hund, der ist zu bedauern. Der kommt jetzt sicher ins Tierheim, zumindest vorläufig, bis man weiß, wer für ihn zuständig ist.«

Endlich kam das große Team. Eine Staubwolke näherte sich, bestehend aus dem Wagen der Kripo und dem Van der Spurensicherung. Einige Zeit später noch ein Leichenwagen, der sich allerdings diskret in einiger Entfernung platzierte.

Der Polizeibeamte vor Ort berichtete den Neuankömmlingen, was sie hier vorgefunden hatten, stellte Zondler und Jette vor und zog sich dann aus der ersten Reihe zurück. Jetzt waren die Profis gefragt und mussten ihre Arbeit tun.

Die Spurensicherung bahnte zuerst einen Weg zu der Hütte, auf dem sich alle bewegen mussten. Die Schuhe von Zondler und Jette wurden untersucht und Abdrücke gemacht um Vergleiche mit anderen Fußabdrücken durchführen zu können. Das nähere Gebiet wurde mit Bändern abgesperrt und auch ein Zelt wurde auf dem freien Platz aufgestellt, in das man den Leichnam legen würde. All das ging routiniert und schnell vor sich. Wenigstens gab es keine unnützen Gaffer, die alles zertrampelten.

Polizeioberkommissar Udo Winter, der sich als der leitende Beamte vorgestellt hatte, ging mit dem untersuchenden Arzt in das Häuschen und blieb dort längere Zeit. Zondler wäre liebend gerne auch mit hinein, wurde aber nicht dazu eingeladen. Nach ungefähr einer halben Stunde trugen zwei Männer den Toten auf einer Trage aus der Hütte und legten ihn in das aufgestellte Zelt. Kommissar Winter näherte sich den beiden Wanderern.

»So, mit dem Gröbsten sind wir fertig. Ich brauch

noch Ihre Aussagen und dann können Sie auch weiter. Ich hab gehört, Sie sind ein Kollege?«, wandte er sich an Zondler.

»Peter Zondler, Hauptkommissar von der Kripo in Esslingen. Zuständig für Tötungsdelikte«, stellte sich dieser korrekt vor.

»Na sowas! Da hätt ich ja im Büro bleiben können, wenn der richtige Mann für die Untersuchung gleich mit der Leiche geliefert wird«, frotzelte Kommissar Winter.

»Der richtige Mann hat Urlaub und ist gar nicht erfreut über diese Überraschung. Sie werden das schon selbst hinkriegen, ohne die Großstädter.«

»Denke schon. Aber vielleicht ist Ihrem Auge etwas Besonderes aufgefallen? Vielleicht möchten Sie sich den Toten mal bei Tageslicht anschauen?«

Das ließ Zondler sich nicht zweimal sagen, natürlich interessierte ihn das sehr. Auch Jette schloss sich an. Der Leichnam war kein schöner Anblick. Wie er schon in der Hütte bemerkt hatte, waren die Fliegen bereits dabei, sich ihren Teil zu holen. Der Mann war sicher seit zwei, drei Tagen tot. In der Hütte war es zwar kühler als draußen in der Sonne, trotzdem war die Verwesung bereits fortgeschritten. Der Tote war ungefähr Ende vierzig, groß und hatte ziemlich langes Haar, das im Nacken zu einem Zopf gebunden war. Sein kariertes Flanellhemd zeigte auf der Vorderseite einen großen rotbraunen Blutfleck. Sah ganz nach einer Schussverletzung aus.

Jette die hinter den beiden Männern gestanden hatte, riskierte nun auch einen vorsichtigen Blick auf die Leiche. Sie erstarrte und zog scharf die Luft ein. Zondler fiel sofort auf, dass plötzlich irgendetwas anders war, und drehte sich zu ihr um.

»Was ist los? Ist dir nicht gut? Du brauchst das hier nicht anzuschauen Jette. Komm, wir gehen nach draußen.«

»Ich, ich,…, fing Jette an zu stottern, »…ich weiß, wer das ist. Oh Gott, das ist ja furchtbar, das gibt es doch nicht!«

Zondler fasste sie behutsam an den Schultern und drehte sie zum Ausgang. Im Freien führte er sie zu einem Baumstamm und ließ sich mit ihr darauf nieder. Winter war ihnen gefolgt.

»Geht's wieder? Sie haben den Toten erkannt?«, fragte er.

»Ja, ich müsste mich schon sehr irren. Das ist mein Homöopath, bei dem ich seit einiger Zeit in Behandlung bin. Er heißt Clemens Jakob und wohnt in Hayingen. Ich kann Ihnen die Adresse geben.«

»Du bist dir ganz sicher, Jette?«, bohrte Zondler noch mal nach, denn der Leichnam sah wirklich nicht mehr ganz frisch aus.

»Ja, ganz bestimmt ist er es. Ich kenn ihn doch schon eine ganze Weile. Schrecklich, ich kann es nicht fassen!«

Jette brach plötzlich in Tränen aus. Zondler ließ sie weinen und drückte sie an sich. Das war der Schock, sie war es schließlich nicht so wie er gewohnt, auf Leichen zu stoßen. Noch dazu auf eine, die sie kannte.

»Es scheint eine Schussverletzung vorzuliegen. Haben Sie irgendwas gefunden, das auf Selbsttötung hindeutet?«, fragte Zondler den schweigenden Winter. Der hatte sich nochmals lange über die Leiche gebeugt und sie intensiv gemustert.

»Nein, es war keine Waffe in der Hütte, der Täter hat diese wohl mitgenommen. Außerdem, wenn es Selbstmord gewesen wäre, hätte er sicher seinen Hund vorher erschossen und ihn nicht alleine zurückgelassen«, sagte er irgendwie abwesend. Der Kommissar schien tief in Gedanken versunken.

»Das stimmt, Herr Jakob war ganz verrückt mit seinem Hund, er hat ihn überall mit hingenommen und oft von ihm erzählt«, schniefte Jette.

»Ich kenne das Opfer übrigens auch ganz flüchtig, ist mir aber erst aufgefallen, als Frau Köhler den Namen genannt hat. Ist aber schon länger her und nicht relevant«, warf Winter wie nebenbei ein.

»Dann werden wir uns mal um das Umfeld des Medizinmannes kümmern. Rein theoretisch gehören Sie beide ja auch zu den Verdächtigen. Immerhin hab ich Sie hier am Tatort angetroffen und Sie kannten das Opfer.«

»Also, ich kenne ihn nicht und wusste nur vom Hörensagen von ihm bis grade eben. Und meine Partnerin, die Frau Köhler, ist rein zufällig mit mir hier unterwegs. Wir wollten nämlich einen schönen ruhigen Wanderurlaub machen. Außerdem ist Ihre Leiche alles andere als frisch, die liegt hier schon eine Weile. Wir können also gar nicht unmittelbar daran beteiligt sein.«

»Nur keine Aufregung, Herr Kollege. War nur ein schlechter Spaß meinerseits. Natürlich sind Sie nicht verdächtig für mich. Übrigens ist das hier nicht der Tatort. Es sieht eher danach aus, als ob der Tote hier nur abgelegt worden ist. Die Schussverletzung stammt wohl von einem Gewehr, aber endgültig wissen wir das natürlich noch nicht.«

»Logisch. Das braucht ein wenig Zeit«, erwiderte Zondler besänftigt.

»Brauchen Sie uns hier denn noch? Wir würden gerne

weiter nach Heiligkreuztal, dort haben wir eine Klosterzelle für die Nacht gebucht. Es wäre ausgesprochen nett von Ihnen, wenn uns jemand dort absetzen könnte. Der Tag ist inzwischen fast vorbei, ich glaube, das schaffen wir nicht mehr zu Fuß.«

»Selbstverständlich, Herr Zondler. Die Kollegen sollen Sie hinbringen. Das ist das Mindeste um den vermasselten Urlaubstag noch zu einem halbwegs guten Ende zu bringen. Heiligkreuztal ist toll, waren Sie schon mal dort?«, fragte Kommissar Winter.

Beide schüttelten den Kopf.

»Eine sehr schöne Anlage, großer Garten mit Heilkräutern und anständig essen kann man da auch. Übernachtet hab ich noch nicht dort, aber die Zimmer sollen sehr schön sein.«

»Na, dann sind wir mal gespannt«, meinte Zondler.

Jette sagte nichts, sie war sehr still und in sich gekehrt. Sie konnte es immer noch nicht fassen, was da passiert war. Sie erinnerte sich an den letzten Besuch bei Jakob vor ungefähr einem Vierteljahr. Es war gewesen wie immer. Sie hatten lange geredet. Über ihre kleinen gesundheitlichen Zipperlein und vor allem über ihre gelegentliche Schwermut. Sie fühlte sich gut aufgehoben und hatte großes Vertrauen in die Homöopathie, die ihr sanfter und vor allem schlüssiger erschien als die Schulmedizin. Jakob war zudem ein guter Zuhörer, der, wenn nötig, auch mal deutlich seine Meinung kundtat und sie in eine neue Richtung schubste. Ihr tat die Behandlung gut. Aber sie konnte sich durchaus vorstellen, dass Jakob oft auch mit seiner unangepassten Art und seiner wirklich großen Klappe aneckte. Wer hatte ihn so gehasst oder wen hatte er dermaßen provoziert, dass es zu dieser schrecklichen

Tat gekommen war? Große Traurigkeit breitete sich in ihr aus, als ihr bewusst wurde, dass es nie wieder diese anregenden Gespräche geben würde. Sie fühlte sich ein ganzes Stück allein gelassen. Vor einigen Monaten hatte es sie ziemliche Überwindung gekostet, sich zu ihren Depressionen zu bekennen und nun stand sie wieder allein da. Ein neuer Therapeut? Momentan wollte sie daran nicht denken, das war zweitrangig. Erst einmal musste geklärt werden, was geschehen war.

Winter hatte inzwischen einen der Streifenbeamten gebeten, die beiden Wanderer nach Heiligkreuztal zu bringen. Sie nahmen ihre Rucksäcke und stiegen in das Polizeiauto. Nach einer holprigen Fahrt über den Feldweg kamen sie auf die kleine Landstraße und erreichten nach kürzester Zeit erst Pflummern und dann die Klosteranlage von Heiligkreuztal. Vor dem Eingang des Klosters ließen sie sich absetzen und gingen die paar Schritte bis zum Eingang zu Fuß weiter. Laut ihrem Reiseführer wohnten keine Nonnen mehr hier. Das Anwesen war zwar nach wie vor im Besitz der Kirche, wurde inzwischen aber als Tagungs- und Begegnungsstätte genutzt. Auch Wanderer fanden hier ein Bett für die Nacht.

An der modern gestalteten Rezeption wurden sie freundlich begrüßt und erhielten ihren Zimmerschlüssel. Einen Stock höher befanden sich die schön renovierten Klosterzellen. Es gab auch Doppelzimmer, einige sogar mit eigener Dusche plus WC. Ein solches hatte Zondler vorbestellt und sie waren beide überrascht von der Großzügigkeit und der einfachen und klaren Atmosphäre. Lange hielten sie sich aber nicht auf. Beide hatten inzwischen riesigen Hunger, weil der Hund die Brote aufgefressen hatte. Gleich am Eingang zum Kloster hatten sie eine Wirtschaft gesehen. Die steuerten sie nun zielstrebig an.

Es waren nicht viele Gäste da. Sie hatten freie Auswahl zwischen drinnen und draußen. Nach einem kurzen Rundblick entschieden sie sich für einen Tisch im Freien. Aus der Speisekarte suchten sie sich beide den Wurstsalat und ein Bier aus und langten hungrig zu. Auch Jette schmeckte heute die Wurst gut. Gewisse Grundbedürfnisse wollten trotz der angeschlagenen Stimmung befriedigt werden. Sie merkten, wie ihnen die Mahlzeit guttat. Gleich nebenan war der Klosterladen, in den Jette noch unbedingt wollte. Sie hatte eine Schwäche für solche Läden mit ihrem Gemisch aus Kerzen, Meditation, allen möglichen leicht philosophischen Büchern und vielerlei Devotionalien. Der Laden war glücklicherweise noch eine Weile geöffnet, sodass sie sich in Ruhe umsehen konnten. Die Auswahl an Büchern, hauptsächlich Kinderbücher, war richtig gut, erklärte Jette Peter, der nicht ganz so euphorisch mal dies, mal das in die Hand nahm.

»Du kannst auch nicht anders, oder? An keinem Buchladen kommst du vorbei, sobald es irgendwo nach Papier riecht, bist du drin«, spöttelte er gutmütig.

»Ich geb's zu, ich brauch das wie die tägliche Luft zum Atmen. Weißt du eigentlich, dass ich kein einziges Buch dabei habe? Ich wollte keinen unnötigen Ballast mitschleppen im Rucksack, aber ich glaub, es geht einfach nicht ohne.«

»Ach du Arme, das ist sicher nicht zum Aushalten! Sofort kaufst du dir jetzt ein Buch, ich will nicht, dass du demnächst gefährliche Entzugserscheinungen kriegst und das Zeitliche segnest.«

Bei den letzten Worten war ihm wieder eingefallen, was sie heute erlebt hatten und auch bei Jette kippte die Laune sofort merklich. Trotzdem suchte sie sich noch ein Taschenbuch aus und nahm auch noch einige Ansichtskarten vom Kloster mit.

Dann machten sie noch einen längeren Spaziergang übers Klostergelände, besichtigten den Heilkräutergarten, der wirklich so schön war, wie Kommissar Winter gesagt hatte. Auch die Kapelle schauten sie noch an, bevor sie sich in ihr Zimmer zurückzogen.

Am nächsten Morgen gingen sie durch den alten Kreuzgang zum Frühstückssaal. Eine Gruppe von Seminarteilnehmern saß an einem Tisch und an zwei weiteren langen Tischen drängelte sich eine Schulklasse. Ansonsten war der große Raum leer. Sie fanden einen angenehmen Platz für sich alleine. Das Frühstück war wunderbar und sie genossen das schöne Umfeld. So lange, bis Kommissar Winter im Türrahmen erschien, sich umblickte und dann grüßend die Hand hob, als er seine Suchobjekte erblickte. Er kam zu ihnen geschlendert und fragte, ob er sich zu ihnen setzen dürfe.

»Sie sind ja schon da, also setzen Sie sich«, grummelte Zondler etwas morgenmuffelig und rückte ein Stück zur Seite.

»Und, gibt's was Neues?«, fragte Zondler seinen Kollegen von der Alb. Er war recht wortkarg und hatte keine Lust, sich schon wieder einen seiner Urlaubstage vermiesen zu lassen. Auch Jette hatte einen Seufzer ausgestoßen, war aber auch neugierig, was den Verlauf der Ermittlungen betraf.

»Noi, eigentlich sind wir no net weiter«, fiel Winter ins Schwäbische, wechselte dann aber doch wieder ins Hochdeutsche.

»Der Leichnam ist in der Rechtsmedizin, das dauert aber wohl noch bis mindestens heute Mittag. Ich will gleich nachher nach Hayingen und mich an Jakobs Heimatadresse umschauen. Er hat wohl allein gelebt, war unverheiratet und hatte keine näheren Angehörigen. Wissen Sie da vielleicht noch Näheres, Frau Köhler?«, wandte er sich an Jette.

Diese schluckte schnell einen Bissen Gsälzweckle hinunter.

»Nein, ich weiß auch nur, dass er allein lebte auf dem alten Hof. Allerdings müssten da noch ein paar Tiere sein, um die man sich wohl kümmern muss. Was ist eigentlich aus dem Hund geworden?«

»Der ist im Tierheim, der arme Kerl. Gut, dann schau ich mal, was ich dort noch alles vorfinde, hoffentlich keinen halben Zoo. Übrigens, Herr Zondler, kann schon sein, dass wir den Fall gemeinsam bearbeiten. Jedenfalls ist Ihre Behörde zuständig, wenn es sich definitiv als Tötungsdelikt herausstellen sollte. Liegt grade noch so in Ihrem Bezirk. Ich hab heut früh schon mit einem Ihrer Kollegen telefoniert, einem Herrn Aichele.«

»Noch bin ich im Urlaub. Der Aichele macht das schon, ist ein guter Mann. Wär schön, wenn ich die paar Tage mal Ruhe hätte und nicht ständig irgendwo über eine Leiche stolpere. Meinen Sie, das geht, Herr Winter?«

»Gestolpert sind Sie von alleine. Ich will Ihnen ja nicht den Urlaub vermiesen, aber es wär schon gut, wenn Sie informiert bleiben, wie das Ganze hier weitergeht. Sie halten vielleicht Kontakt mit dem Kollegen Aichele und ich werde schauen, dass ich Ihnen nicht auf die Nerven gehe. Aber jetzt erst mal einen schönen Tag für Sie beide! Das Wetter ist zwar nicht so toll, aber Sie haben sicher ein schönes Ziel für heute. Wo soll es denn hingehen?«

»Nach Bad Saulgau. Falls wir soweit kommen, ohne die Polizei anrufen zu müssen.«

»Na dann, viel Vergnügen!«

Winter stand auf und verabschiedete sich.

»Meinst du, den werden wir wieder los?«, fragte Jette, als sich die Tür hinter ihm geschlossen hatte.

»Irgendwann schon, aber ich glaub, so ganz raushalten kann ich mich nicht aus der Sache. Und dich interessiert es doch auch, oder?«

»Es wäre gelogen, wenn ich das abstreite. Erstens liegt mir der Jakob im Magen oder am Herzen – jedenfalls auf dem Gemüt. Und zweitens ist es natürlich auch spannend. Wie sagt man so schön: man will ja nicht neugierig sein, aber es interessiert einen halt. Also mach dir nicht zu viel Gedanken wegen des Urlaubs. Wir machen das Beste aus der Situation.«

Die beiden beendeten ihr Frühstück in aller Ruhe und machten sich dann ans Packen. Jette schaute nach ihren Blasenpflastern. Die saßen noch an den richtigen Stellen und würden wohl einen weiteren Tag durchhalten. Leider verdunkelte sich der Himmel immer mehr, und bis sie vorne an der Landstraße waren, setzte ein leichter Nieselregen ein. Egal, jetzt waren sie schon unterwegs. Auch ein Regentag konnte schön werden. Das war er dann auch, aber nur ungefähr fünf Kilometer lang. Hinter Binzwangen, als sie dort den Donau-Radweg nach Herbertingen erreichten, fing es richtig an zu regnen und der Wind wehte stark von vorne. Das war nun nicht mehr angenehm. Zudem war der Weg eintönig. Von der Donau sah man sowieso nichts, weil der Weg hinter einer Böschung ein Stück abseits verlief. Ansonsten war die Gegend topfeben und streckte sich endlos. Genau gesagt, so an die zwölf Kilometer bis zum Bahnhof von Herbertingen. Mit dem Fahrrad wäre das leicht gegangen, dachte Zondler etwas wehmütig. Sie waren richtig durchnässt von vorne, denn die Regenjacken hörten an den Oberschenkeln auf, sodass das Wasser immer schön auf die Hosenbeine tropfte. Jette war kalt und ihre Laune nicht unbedingt gut. Zondler hatte auch genug. Endlich waren sie am Bahnhof, und tatsächlich fuhr kurze Zeit später ein Bummelzug nach Bad Saulgau. Gerne wären sie die Strecke gelaufen, aber nicht mit nassen Hosen und im Dauerregen. Für heute reichte es. In Saulgau steuerten sie das große Café am Marktplatz an und bestellten Kaffee. Sie brauchten dringend was zum Aufwärmen und orderten noch heiße Gemüsesuppe hinterher. Jette war schon öfters hier gewesen. Ein schönes altes Fachwerkhaus mit einem richtigen Caféhaus-Ambiente. Die Tageszeitung hing an einem Haken, so wie früher, in eine Holzleiste geklemmt. Zondler holte sie nach dem Essen, um zu schauen, ob etwas über den Fund im Wald darin stand. Tatsächlich war im Lokalteil ein kleiner Bericht, der aber nicht viel hergab. Kein Wunder, man wusste ja auch noch nichts. Immerhin stand die Identität des Toten darin, und dass er ein recht bekannter Homöopath aus Hayingen war.

Draußen regnete es immer noch und immer mehr. Zondler bezahlte. Sie machten sich auf die Suche nach ihrem Quartier für die Nacht. Tatsächlich schafften sie es, sich zu verlaufen und einen Umweg zu machen. Bad Saulgau war auf den ersten Blick etwas verwirrend angelegt, aber nach einem unnötigen großen Bogen standen sie schließlich doch vor ihrem Gasthof »Zum Spitaltor«. Sie bezogen ein gemütliches Zimmer und machten es sich für den Rest des Tages dort bequem. Schmusestunden plus ein spätes leckeres Abendessen mit einbezogen. Die Kleider konnten in der Dusche trocknen und alles war wieder gut.

Am nächsten Morgen regnete es nicht mehr. Es schüttete ohne Unterlass.

»Nein, das geht echt nicht, wir können nicht loswandern. Was machen wir jetzt, Jette?«

Zondler stand resigniert am Fenster und schaute hinaus. So hatte er sich das nicht vorgestellt, das Wetter ärgerte ihn gewaltig. Irgendwie schien inzwischen ein wenig der Wurm drin zu sein in dieser Wanderung. Erst der Tote in der Hütte und nun ein Dauerregen. So hatte er sich das nicht vorgestellt.

»Du hast recht, das macht keinen Spaß. Aber weißt du was, hier gibt's doch eine Therme, und wenn ich mich nicht irre, hab ich dir eingeschärft, dass du deine Badehose mitnehmen sollst. Hast du?«, fragte Jette und schaute Peter Zondler gespannt an.

»Ja, hab ich, die nimmt ja nicht viel Platz weg«, antwortete er.

»Gut. Dann gehen wir schwimmen. Handtücher kann man sicherlich leihen, das kriegen wir hin.«

So geschah es. Der Tag wurde sogar noch richtig schön. Schwimmen, faul rumliegen, wieder schwimmen. So ein Entspannungstag war doch wunderbar!

Gegen Abend klingelte Zondlers Handy. Aichele war dran.

»Na, ihr Urlauber, wie geht's euch denn bei dem Sauwetter? Vertragt ihr euch noch?«

»Alles bestens, Stefan, alles im grünen Bereich. Wir liegen hier faul im Schwimmbad und lassen das Wetter draußen. Und wie sieht's in deinem Fall aus, gibt's was Neues von Winter?«

»Der Holzinger ist noch nicht fertig mit der Leiche. Sie liegt noch bei ihm in der Pathologie. Fest steht, dass der Jakob wirklich mit einem Gewehr erschossen worden ist, einem Kleinkaliber aus ungefähr achtzig Meter Entfernung. Hat ihm ein ziemliches Loch in die Brust gerissen, vor allem hinten beim Austritt der Kugel. Das Projektil haben wir bis jetzt nicht, er wurde wohl bei der Hütte ermordet oder im nächsten Umkreis, als er mit dem Hund spazieren ging. Der ist wohl im Schock erst mal weggelaufen und hat sein Herrchen dann später wieder gefunden in diesem Schuppen. Warum der Täter nicht auch den Hund erschossen hat, weiß ich nicht, vielleicht hat er es probiert und nicht getroffen.

Auf einem Wanderparkplatz weiter vorn an der Straße nach Mörsingen haben wir das Auto des Opfers gefunden. Ganz normal abgestellt. Von dort ist er wohl zu seinem Spaziergang aufgebrochen. Ansonsten war dort nichts zu finden.

Wir konzentrieren uns jetzt erst einmal auf die Person Jakob und sein Leben. Sag mal, kommt ihr nicht zufällig noch mal nach Hayingen? Ich hab gehört, Jette war Kundin beim Homöopathen und kennt sicher sein Haus?«

»Patientin, nicht Kundin«, korrigierte Zondler.

»Von mir aus. Aber sie wäre uns sicher eine Hilfe. Wir kennen bis jetzt niemanden aus seinem Umfeld und es wäre immerhin ein Anfang. Ganz zu schweigen davon, dass meine Sehnsucht nach dir riesengroß ist!«, sagte Aichele, und es war ein deutlich ironischer Unterton in seiner Stimme zu erkennen.

»Das kannst du deiner Großmutter erzählen. Du musst auch mal was allein schaffen und brauchst nicht immer mich alten Dackel.«

»Überlegt es euch. Zwingen kann ich dich ja nicht. Du hast schließlich Urlaub. Aber gib's zu, interessant ist der Fall schon!«

»Mal sehen«, beendete Zondler das Gespräch, und erzählte anschließend Jette, was Aichele so von sich gegeben hatte. Sie beschlossen, bis zum nächsten Tag abzuwarten. Sollte es immer noch regnen, würden sie einen weiteren Tag in Bad Saulgau bleiben. Bei schönem oder zumindest trockenem Wetter würden sie weiterwandern und die Tour eben etwas verändern. Sie breiteten die Wanderkarte aus und suchten nach geeigneten Wegen. Mit dem Zug bis Riedlingen und von dort zu Fuß in Richtung Zwiefalten. Dann durch das Rental aufwärts nach Hayingen. Das sah eigentlich richtig gut aus und war eine ziemlich abgelegene Strecke.

Am nächsten Morgen blinzelte die Sonne vorsichtig durch die immer noch tief hängenden Wolken. Es sah entschieden besser aus. Also packten sie ihre Rucksäcke und machten sich nach dem Frühstück auf zum Bahnhof. Bis Riedlingen war es mit dem Zug nur ein kleiner Hopser. Als sie dort ausstiegen, hatten sich die Wolken verzogen, und es versprach ein schöner Tag zu werden.

Mühelos fanden sie den Weg in Richtung Zwiefalten und genossen die schöne Landschaft. Es war einfach herrlich hier! In der kleinen Stadt angekommen, nahmen sie sich Zeit, um die spätbarocke Kirche anzuschauen. Sie war überaus prächtig und wurde von vielen Urlaubern bestaunt. Jette zündete zwei Teelichter in der Kirche an. Eins für Peter und eins für sich. Nach leichtem Zögern auch eins für Jakob. Dieser war zwar nach eigener Aussage kein Kirchgänger gewesen, aber er glaubte auf jeden Fall an ein Weiterleben. Bestimmt hätte er gegrinst, wenn er Jette bei ihrem Tun hätte zuschauen können.

Bevor sie in den Weg zum Rental einbogen, saßen sie noch eine Weile in dem Bäckercafé neben dem Münster. Heute war nicht viel los dort, aber am Wochenende sah man manchmal mehr als hundert Motorräder auf dem Parkplatz. Es war ein sehr beliebter Treffpunkt für Biker. Jette hörte aufmerksam zu, als Zondler ihr von seinen früheren Ausflügen erzählte. Allerdings war er selbst immer nur mit dem Auto durchgekommen.

Ein Stück nordwärts, hinter der Klosteranlage, war der Eingang zum Rental. Sofort verschluckte sie wieder die Einsamkeit. An einem kleinen Bach wuchsen viele Sumpfdotterblumen und auch echte Schlüsselblumen sah man noch. Sie begegneten auf dem ganzen Weg keinem einzigen anderen Wanderer. Als sie den Wald wieder verließen, sahen sie Sonderbuch vor sich liegen, eine kleine Gemeinde auf der Albhochfläche. Von dort war es noch eine knappe Stunde bis Hayingen, das sie am Spätnachmittag erreichten. Bald standen sie erneut vor der Tür des »Gasthof Kreuz«. Die Wirtin erkannte sie selbstverständlich gleich wieder, wunderte sich aber schon, die beiden Wanderer noch mal begrüßen zu dürfen.

»Ha no, wolltet Sia net ganz anders laufa? Irgendwie hintarom über Wasserstetten nach Buttenhausen? I freu mi natürlich. Ja, klar, Ihr Zimmer isch no frei. Im Moment isch net viel los, da ko ma au mol oagmeldet komma.«

Jette versuchte, auch mal zu Wort zu kommen.

»Das Wetter ist schuld, Frau Eisele. Wir sind unterwegs ganz schön nass geworden und haben heut früh spontan beschlossen, ein Stückle mit dem Zug zu fahren. Jetzt kommen wir grad von Riedlingen und Zwiefalten. Das ist super, wenn Sie noch ein Zimmer für uns haben. Vielleicht bleiben wir auch ein paar Tage, wir wissen es noch nicht.«

Zondler und Jette hatten unterwegs ausgemacht, vorläufig nichts über den Fall des toten Homöopathen zu erzählen. Inzwischen war das wahrscheinlich sowieso Dorfgespräch, aber es musste nicht jeder wissen, inwieweit sie beide damit zu tun hatten. Frau Eisele konnte es denn auch nicht lang verheben.

»Wisset Se scho, was bei uns passiert isch? Noi, wahrscheinlich net, wia au. Also ma hat a Leich gfunda, bei Mörsingen da hinta und die Leich kommt aus Hayingen. Der hot hier a Praxis für Homöopathie ghabt. I glaub für älles, also für Menschen und Tiere. Und jetzt hen sen in einer alten Hütte entdeckt, erschossa! Wer's war woiß ma no net, d'Polizei schafft dra. Bestimmt kommet dia au zu mir, der Jakob hat ab und an was bei uns gessa, i kenn en aber net so guat.«

»Na, das ist sicher sehr aufregend für ganz Hayingen«, sagte Zondler. »Bestimmt ist es sonst immer ganz ruhig hier und dann gleich ein Mord.«

»Des kennet Se laut saga!«, stimmte Frau Eisele zu. Sie wollte noch mehr sagen, aber das Telefon klingelte in der Wirtschaft und die beiden müden Wanderer konnten endlich ihr Zimmer aufsuchen. Nach einer heißen Dusche und ein wenig Ausruhen gingen sie zum Abendessen hinunter ins Lokal. Es gab Spargel mit Flädle, dazu eine richtig leckere Sauce hollandaise, bei der nicht an der Butter gespart worden war.

»Mit dir kann man auch richtig schlemmen, Jette. Das find ich schön. Nichts ist schlimmer, als so ein fanatischer Essensverweigerer. Manchmal machen die einem alles mies, man soll dies nicht, man soll das nicht. Da ist Gift drin, jenes ist schlecht für die Immunabwehr und dick wird man eh von allem, außer Gemüse und vielleicht noch Gras«, sagte Zondler zwischen zwei Bissen Spargel, triefend vor Buttersoße.

»Prinzipiell hast du recht Peter. Aber ich glaub schon, dass wir alle viel mehr auf unsere Ernährung achten sollten. Das Fett hier bringt uns nicht um. Ich glaub einfach, die Mischung macht's. Von allem ein wenig, aber möglichst unbehandelt. Und wenn du dich viel bewegst, dann ist die Menge gar nicht so das Problem. Der Stoffwechsel muss halt laufen und bei einem höheren Grundumsatz kannst du auch ziemlich viele Kalorien verkraften.«

»Aha, da spricht die Expertin. Du kennst dich wohl sehr gut aus. Aber im Buchladen gibt es ja auch jede

Menge Ernährungsbücher. Sicher weißt du alles über die neusten Diätquälereien.«

»In der Theorie schon«, grinste Jette, »aber die Praxis lässt ziemlich zu wünschen übrig. Ständig habe ich so Anfälle von Fresslust. Nüsslein, Chips, sogar Leberkäswecken und so Sachen sind auf einmal in Reichweite. Du hast mich angesteckt, weil du so ein Zeug in dich reinstopfst, läuft mir wider Willen auch das Wasser im Mund zusammen. Aber wenn's mich überkommt, dann ist mir alles egal.«

»Kenn ich. Aber dank dir ist es doch schon besser geworden. Und ganz kasteien brauchen wir uns nicht, oder? Essen ist was richtig Schönes, finde ich«, meinte Peter Zondler, und schob sich eine halbe Spargelstange in den Mund.

»Naja, ich bin ja auch nicht grad eine Kostverächterin und esse wahnsinnig gern. Es kommt halt drauf an was. Gesundes Essen muss einem auch was wert sein. Überall schmeißen die Leute das Geld für unnötigen Kruscht raus und bei den Lebensmitteln soll es dann möglichst wenig kosten. Ich versteh das nicht.«

Das Lokal war inzwischen nicht mehr so leer wie anfänglich. Vier Tische waren besetzt und auch am Stammtisch saßen einige Männer, vertieft in ein Gespräch über die aktuellen Ereignisse.

Daher wurden Jette und Zondler ruhiger und bemühten sich jetzt zuzuhören. Es ging um Jakob. Nur einer der Anwesenden hatte ihn persönlich gekannt, weil er vor einiger Zeit seinen Hund behandelt hatte. Der Hund habe ein langwieriges Ekzem gehabt, erzählte er, und der Tierarzt, bei dem er vorher gewesen sei, hätte es nicht weggebracht. Der Jakob hätte mehr Erfolg gehabt. Die

Globuli wären einfach mit dem Futter verabreicht worden und nach zwei Tagen sei es schon besser geworden. Inzwischen war es ganz abgeheilt und nicht mehr wiedergekommen. Gott sei Dank, das Gekratze habe ihn schier wahnsinnig gemacht und dauernd sei die Wunde wieder neu aufgebrochen. Also, er könne absolut nichts gegen den Homöopathen sagen, der habe eine ordentliche Arbeit gemacht und er fand ihn auch recht angenehm.

»Das wird dem Doktor Seidler aber nicht geschmeckt haben«, warf sein Nachbar am Tisch ein.

»Ich hab schon öfters gehört, dass es ihm gestunken hat, weil der Jakob ihm die Patienten abzieht«, sagte ein anderer der Stammtischler.

»Glaub i glei, wenn Konkurrenz auftaucht, wird's oagnehm«, schwäbelte der Nächste.

»Und der Seidler ist eh ein ganz Komischer, der kann's weder mit de Leit, noch mit de Viecher.«

Aha dachte Zondler, da hätten wir doch schon mal was. Ein Tierarzt, der wahrscheinlich nicht unglücklich über das Verschwinden der ungeliebten Konkurrenz ist. Die Unterhaltung wechselte nun zu allen möglichen Krankheiten, die der Jakob dem Hörensagen nach bereits geheilt hatte. Und zu den Frauen, die wohl mehr auf die Künste des Homöopathen vertrauten als die Männer. Leider löste sich die Runde bald auf, weil die meisten noch zur Versammlung des Obst- und Gartenbauvereins mussten. Zondler hatte trotzdem einiges erfahren, ohne Mühe und so ganz nebenher. Auch sie bezahlten und als sie gingen, schob Zondler noch schnell einen der Bierdeckel in seine Tasche, bemerkte Jette verwundert. Sie sagte aber nichts dazu.

Sie machten Händchen haltend noch einen kleinen

Verdauungsspaziergang durchs Dorf. Es war sehr romantisch. Der Mond stand groß und rund am Himmel und ließ alles in einem sanften Licht erstrahlen. Hinterm Friedhof drehten sie um und gingen langsam ins Hotel zurück. Die Stille im Ort war wirklich bemerkenswert, nichts störte den Frieden. Im Großraum Stuttgart hört man immer etwas, entweder Flugzeuge, die Autobahn, den Zug. Die Luft war erfüllt von einem ständigen Summen und Surren. Hier, so dachte Zondler, kommt man wirklich zur Ruhe. Auch Jette war entspannt. Als Stuttgarterin war sie den Lärm einerseits gewöhnt, auch im Buchladen war meist Trubel und geschäftiges Treiben. Umso schöner war es, dies hier auf sich wirken zu lassen. Sollte man viel öfter haben, überlegte sie. Aber wann nimmt man sich wirklich die Zeit? Der Mensch ist schon blöd.

»Komm, wir gehen ins Bett«, sagte Zondler, »und morgen ruf ich mal den Winter an und den Aichele und tue kund, dass wir hier sind. Sozusagen als verdeckte Ermittler.«

»Ja, mach das, ich wollte schon immer mal in einem Detektivclub mitmachen, ist aber nie richtig was geworden in der Schulzeit. Besser spät, als nie«, sagte Jette.

Guten Morgen, Aichele, ausgeschlafen?«

»Schon länger als du, ihr hockt sicher noch gemütlich am Frühstückstisch, während ich arme Beamtenseele hier schon zwei Stunden schufte für einen kärglichen Lohn«, kam es vom anderen Ende der Leitung.

»Jetzt übertreib net, so arm bisch du net dran. Ich wollt nur sagen, dass Jette und ich in Hayingen sind, sozusagen an der Quelle des Geschehens. Wir übernachten im Gasthof Kreuz, aber dort weiß bis jetzt keiner, dass wir wegen dem Jakob wieder da sind. Wir hören uns halt so ein bissle um und sperren die Ohren auf. War gestern schon ganz interessant in der Wirtschaft.«

Er berichtete Aichele kurz, was am Stammtisch so geredet worden war. Der hörte aufmerksam zu, die Sache mit dem Tierarzt hörte sich vielversprechend an.

»Also der Winter will heut nach Hayingen hat er mir gesagt. Vielleicht könnt ihr den zufällig treffen. Ich schick dir nachher mal dem seine Handynummer durch, dann kannst du Kontakt aufnehmen, wie es am besten passt. Übrigens hat der Holzinger in der Pathologie was Interessantes gefunden.«

»Ach, der Holzinger, wie geht's dem eigentlich? Der war doch a Weile in Kur wega seim Kreuz. Von dem hab ich ja ewig nix ghört!«, fragte Zondler nach.

»Dem geht's viel besser, seit er wieder in seine Katakomben sitzt. Du woisch doch, was er immer für a Freid an seine Leicha hot«, kalauerte Aichele.

»Und i soll dir au noch an schöna Gruß saga mit einer Empfehlung, ob du di net zum Leichaspürhund ausbilda lassa willscht. Der Holzinger meint, du hosch Talent zu so ebbes.«

»Immer charmant der alte Sezierer. Aber mir sen froh, dass mir ihn hen. Einen fähigeren Pathologen kenn ich net.«

»Also, an dem Leichnam vom Jakob war nichts Besonderes, dass es ein Gewehrschuss war, ist eindeutig. Und gestorben ist er an einem Lungenschuss. Als ihr ihn gefunden habt, war er schon etwa zwei Tage tot. Der Holzinger hat in der Hosentasche vom Opfer übrigens einen interessanten Zettel gefunden. Vielleicht bringt uns das dem Motiv ein Stück näher. Das war so ein ganz normaler kleiner Notizzettel und mit etwas wackligen Druckbuchstaben beschriftet, blauer Kuli.«

»Mach's net so spannend, was stand drauf auf dem Zettel?«

»Also, ich les es dir mal wörtlich vor: *Gleiches mit Gleichem. Ein Leben für das andere.*«

»Hm. Das müssen wir analysieren. Kommt mir aber irgendwie komisch vor. Also du, ich meld mich beim Winter und wir bleiben in Kontakt.«

»Okay, alles klar, sag einen schönen Gruß an Jette.«

»Wird gemacht.«

Zondler beendete das Gespräch und erzählte Jette sogleich von dem merkwürdigen Spruch auf dem Zettel in Jakobs Hosentasche. Jette dachte angestrengt nach, irgendwo weit hinten im Gedächtnis kam ihr der Ausspruch bekannt vor, aber es war nicht ganz stimmig. Nach einer Weile rief sie:

»Ich hab's! Da hat wohl einer was durcheinandergebracht oder absichtlich verfälscht. Der Jakob war Homöopath, hat auch streng nach den Regeln von Samuel Hahnemann gearbeitet. Und der berühmte Lehrsatz von dem heißt, nein, ich erinnere mich nicht, ich hab das auch nicht präsent, warte mal, ich schau schnell im Internet. Sie tippte in ihr Smartphone und las nach kurzer Zeit vor:

»*Wähle, um sanft, schnell, gewiss und dauerhaft zu heilen, in jedem Krankheitsfall eine Arznei, welche ein ähnliches Leiden erregen kann, als sie heilen soll.*«

Also wenn du mich fragst, dann hat da einer Gleiches

mit Gleichem und Ähnliches mit Ähnlichem verwechselt oder so.«

Zondler nickte bedächtig.

»Ja, das hört sich für mich nach Rache an. Wir werden uns hinter die Patientenakten des Herrn Homöopathen klemmen müssen.«

Sein Handy vibrierte. Aha, die Nummer von Winter, die Aichele ihm grad durchschickte. Er stellte gleich eine Verbindung her. Winter nahm nach dem vierten Klingeln ab und hörte sich erfreut an, als er Zondlers Stimme vernahm. Sie machten aus, dass sie sich so um halb eins zum Mittagessen an der Wimsener Höhle treffen würden. Zondler hatte das mit Jette vorab besprochen, immerhin würden sie beide den Tag für eine kleine Wanderung nützen können. Und vielleicht auch mit dem Boot in die Höhle fahren, da waren sie beide schon sehr lange nicht mehr gewesen. Wahrscheinlich zum letzten Mal in Schulzeiten bei einem Klassenausflug. Sie waren zwar erst vor einigen Tagen an der Höhle vorbeigekommen, aber diesmal wollten sie den längeren Weg über das romantische Glastal nehmen. Es war dann auch wirklich eine schöne Tour. Sie kamen kurz nach zwölf Uhr schon am Gasthof Friedrichshöhle an. Dort konnte man wunderbar neben dem großen Forellenteich sitzen und das Essen war, wie sie wussten, vorzüglich. Winter kam kurz nach ihnen. Er hatte sein Auto vorne am Parkplatz abgestellt und war die zweihundert Meter zum Lokal gelaufen. Gerne wäre er auch eine längere Strecke gewandert, aber Dienst ist Dienst.

»Hallo, Frau Köhler, hallo Herr Zondler, wie schön, Sie so bald wiederzusehen! Es freut mich, dass Sie sich trotz Urlaub die Zeit nehmen, uns hier ein wenig zu unterstützen. Eigentlich ist es ja auch Ihr Fall, beziehungsweise der vom Kollegen Aichele. Aber ich denke, wir werden gut zusammenarbeiten. Acht Augen sehen mehr als zwei.«

»Wobei zwei Augen ja in Esslingen hocken und gar nichts sehen außer Akten«, bemerkte Zondler trocken und meinte damit natürlich seinen Assistenten Aichele.

»Stimmt, aber vielleicht kommt er demnächst her. Hat er Ihnen übrigens von dem geheimnisvollen Zettel erzählt?«

»Ja, hat er und wir haben auch schon eine Idee. Besser gesagt hat Frau Köhler hier einen Teil des Rätsels gelöst. Magst du erzählen, Jette?«

Sie mochte. Ausführlich klärte sie Winter über Samuel Hahnemann und seinen berühmten Lehrsatz auf. Dann interpretierten sie gemeinsam den Text, den höchstwahrscheinlich der Täter hinterlassen hatte. Auch Winter war der Ansicht, dass sich der Inhalt nach Vergeltung anhörte.

»Aber warum hat er es so anders geschrieben? Entweder hatte er keine Ahnung vom Original und nur irgendwann mal was gehört, oder ...«, rätselte Winter, »... oder es ist Absicht nach dem Motto: Auge um Auge, Zahn um Zahn«, ergänzte Zondler.

»Das ist vorstellbar. Also gut, dann werden wir uns mal unter den Patienten des Herrn Jakob umhören. Möchten Sie beide mitkommen zu seinem Haus?« Jette und Zondler sahen sich an. Er wollte schon sehr gerne, Jette zögerte etwas, stimmte dann aber doch zu. Sie hatte Hemmungen, ins Private von Jakob vorzudringen, aber das musste sie ja nicht, sie konnte sich etwas abseits halten.

Winter wollte sie gleich nach dem Essen in seinem Auto mitnehmen und so fiel die geplante Höhlenbesichtigung mit dem Boot leider aus. Sie konnten den Kommissar nicht so lange warten lassen, der musste schließlich seiner Arbeit nachgehen. Aber zuerst ließen sie sich das Essen schmecken. Hier wurde alles frisch und nach biologischen Grundsätzen gekocht, ohne irgendwelche Zusätze. Zondler hatte Fischsuppe bestellt. Sie schmeckte ihm sehr gut und Jette war begeistert von der sämigen Kürbiscremesuppe mit Holzofenbrot. Winter aß nur einen kleinen Salat, der aber ebenfalls sehr lecker aussah. Nach einem Espresso bezahlten sie zügig und gingen zu Winters Auto. Die Fahrt war nur kurz, Jakob wohnte am westlichen Ortsende von Hayingen. Das Haus war alt und hatte einige Nebengebäude, die früher wohl als Stallungen genutzt wurden. Der Garten vor der Haustür war ziemlich verwildert, aber etliche Stauden blühten und minderten den ersten Eindruck von Vernachlässigung. In einem halbhohen Baum zwitscherte es munter, viele Vögel hatten da ihr Domizil. Vielleicht auch aufgrund des Vogelhäuschens, das zwischen den Zweigen baumelte und mit Sonnenblumenkernen und Meisenknödeln bestückt war. Besser gesagt, mit den Schalen, denn offensichtlich war fast alles aufgepickt.

Es war ein echter alter Bauerngarten. Insgesamt strahlte das Anwesen Ruhe und Gemütlichkeit aus, so, als ob die Zeit hier überhaupt nicht wichtig wäre und sich schon alles irgendwie regeln würde. Die Haustür war abgeschlossen aber Winter hatte den Schlüssel in der Tasche. Er war bereits gestern kurz hier gewesen und hatte lange danach gesucht. Nach mehreren Versuchen und intensivem Nachdenken war er fündig geworden. Früher hatte man den großen, meist klobigen Schlüssel nicht mit sich herumgeschleppt, sondern ihn an einer

Stelle am Haus versteckt. Entweder in einem Holzstoß, unter einem Blumentopf, im Wasserfass oder Ähnlichem. Warum also Bewährtes ändern? Hinterm Fensterladen an einem Haken hing das gute Stück und Winter freute sich wie ein kleines Kind bei der Schnitzeljagd, als er ihn in den Händen hielt.

»Ich geh jetzt rein, vielleicht wollen Sie beide mal die Nebengebäude inspizieren?«, fragte Winter.

»Machen wir. Komm«, sagte er zu Jette, »wir laufen mal ums Haus rum und schauen, wie's hinten aussieht.«

Jette war das sowieso lieber, als im Haus rumzustöbern. Außerdem wollte sie nachsehen, ob es noch mehr Haustiere zu versorgen gab. Herr Jakob hatte des Öfteren von seinem Hund und den Katzen gesprochen.

Es standen zwei Nebengebäude im Garten, eins war direkt an das Haupthaus angebaut und war wohl die Scheune fürs Heu und Stroh gewesen, als das Ganze noch ein Bauernhof war. Ein alter Traktor stand darin. Es roch immer noch nach Heu, viel Staub und Diesel vom Trecker. Allerlei Gerätschaften waren an die Mauern gelehnt, was man halt so brauchte als kleiner Landwirt. Mistgabel und Schaufel, Hacke, Drahtkörbe und auch einige Gießkannen. Insgesamt ein ziemliches Durcheinander und übervoll. Der Homöopath war ziemlich unordentlich gewesen, aber bei jedem liegt bekanntlich die Schmerzgrenze woanders.

Jette und Zondler schlossen das Tor und wandten sich dem anderen Schuppen zu. Darin fanden sie einen Rasenmäher, einen alten Liegestuhl, einen Campingtisch, mehrere Säcke Blumenerde, Töpfe und einen Korb mit Samentütchen und noch tausend andere Dinge, die man gewiss noch mal brauchen konnte.

»Hm. Der hat sein Gemüse und den Salat wohl selbst angebaut, so eine Art Selbstversorger«, murmelte Zondler.

Hinter ihnen maunzte es. Zwei Katzen waren von irgendwoher angeschlichen und machten nun auf sich aufmerksam. Der graue Tiger rieb sich an Jettes Bein und schaute sie hoffnungsvoll an. Ob es wohl was zu fressen geben würde? Jette sah sich nach einer Katzenschüssel um. Sie sah zwei am Hintereingang des Wohnhauses stehen. Sie ging damit zum Gartenwasserhahn und wusch sie gründlich aus. Witzig, auf der einen Schüssel stand Samuel, auf der anderen Melanie. Ihr fiel wieder ein, dass Jakob erzählt hatte, er habe seine Katzen nach den Vornamen von Hahnemann und dessen Frau benannt.

»Dann geh ich doch mal rein und schau, ob ich für die zwei was zu futtern finde«, sagte sie, und klopfte ans Fenster, hinter dem sie Kommissar Winter stehen sah. Der kam zur Tür und ließ Jette rein. Bisher hatte er nichts Auffälliges gefunden. Daher hatte er nichts mehr dagegen, dass sie das Haus betrat. Tatsächlich fand Jette in der Küche eine Menge Katzenfutterdosen. Sie füllte den Fressnapf und stellte ihn den beiden gierig zuschauenden Katzen hin, die sich sofort darauf stürzten.

Jette sah sich inzwischen doch recht neugierig um. So hatte er also gelebt, der Herr Jakob. Sie war nie weiter gekommen, als in sein Sprechzimmer und auf die Patiententoilette. Das hier war Privatbereich und ging die Kundschaft nichts an. Hier war es wesentlich ordentlicher als draußen in den Scheunen. Doch, es war wirklich sehr gemütlich. Wohnraum und Küche waren ein einziges großes Zimmer, etwas getrennt durch die frei stehenden Balken. In einer Ecke war ein großer Schreibtisch mit einem Aktenschrank, das war wohl sein Arbeitsbereich. Im Sprechzimmer hatte er nur seinen kleinen Computer und die aktuelle Akte dabeigehabt, wenn ein Besucher kam. Auf der anderen Seite der Treppe lag ein kleines, recht enges Bad. Daneben befand sich das Schlafzimmer, das ziemlich sparsam möbliert war. Nur das Nötigste fand sich hier, aber das passte nach Jettes Ansicht gut zu ihm.

Im vorderen Teil des Hauses, zur Straße hin, waren das Sprechzimmer und noch ein kleiner Raum mit diversen Schränken, in denen die Medizinvorräte aufbewahrt wurden. Hier befand sich auch das Patientenklo, das Jette ja schon kannte.

Zondler und Winter gingen gemeinsam durch alle Räume und schauten sich gründlich um. Jette setzte sich hin und hing ihren Gedanken nach.

Ein altes Haus, gewiss, aber es hatte Charme, dachte sie, als sie die Umgebung auf sich wirken ließ. Was nun wohl daraus wurde? Hoffentlich fand sich ein Käufer, der die Seele des alten Anwesens weiterleben ließ. Ihr selber würde es hier auch gut gefallen, aber ihr fehlte das nötige Kleingeld, um sich ein solches Haus leisten zu können. Obwohl …

Jette fing an, sich das schön zu träumen. Die Preise hier waren sicher nicht so horrend wie in Stuttgart. Ihre Mietwohnung, die nun wirklich winzig war, kostete sie jeden Monat den Großteil ihres spärlichen Buchhändlerlohns. Allerdings wäre es idiotisch, von hier nach Stuttgart zur Arbeit zu fahren. Sie hatte gesehen, dass es in Hayingen eine kleine Buchhandlung gleich neben dem Gasthof Kreuz gab. Sie könnte ja mal anfragen, das Schicksal ging manchmal seltsame Wege. Vielleicht hatte ja auch Peter

Lust mit einzuziehen oder zumindest am Wochenende und freien Tagen? Der Tagtraum nahm immer mehr Gestalt an. Jette hatte ein zufriedenes Lächeln im Gesicht.

Ganz andere Gedanken hatte der Nachbar des Homöopathen. Fritz Merkle fuhr mit seinem Traktor in die Einfahrt zu seinem Grundstück. Schon gewohnheitsmäßig ärgerte er sich dabei über die herabhängenden Zweige und den Wildwuchs seines Nachbarn. Da sieht's aus, dass es einer Sau graust, dachte er oft. Die alte Bruchbude sollte man abreißen, die war noch nie schön und wird's auch nicht mehr werden. Zumindest nicht, solange der Jakob da haust. Was tat der Mann eigentlich? Um sein Grundstück kümmerte er sich jedenfalls nicht. Der Vorgarten war eine Wildnis, zugewuchert von Brennnesseln und sonstigem Unkraut. Die Platten lagen schief und schepps, aber all das kümmerte den feinen Herrn Doktor nicht. Wobei, Doktor war übertrieben, aber wie sollte man so was Undurchsichtiges wie einen Homöopathen sonst nennen? Allein schon das Wort, das verknotete sich einem auf der Zunge.

Merkle stand inzwischen auf seinem Hof und kletterte vom Traktor. Das fiel ihm langsam schwer, er war immerhin schon achtundsiebzig und nicht mehr so beweglich wie als junger Kerle. Ich hätt wohl rechtzeitig mal zum Heiler gehen sollen, grinste er in sich hinein. Aber jetzt war es zu spät, der war tot und konnte sich selber nicht helfen. Liegt wahrscheinlich daran, dass es gegen Schussverletzungen mit Todesfolge keine Kügele gibt.

Merkle war vorhin kurz im Dorfladen vorbeigefahren und hatte einen Ring Schwarzwurst, ein Brot, Gurken und Senf gekauft. Das sollte sein Vesper für heut Abend werden. Und natürlich ein paar Flaschen Bier. Das Zeug trug er jetzt ins Haus und räumte es in den Kühlschrank. Im Lädle hatte er erfahren, was passiert war und wie man seinen Nachbarn gefunden hatte. Nein, erschrocken hatte er sich nicht, es war schon eher ein wohliges Grausen gewesen. Merkle spürte keinerlei Trauer, hatte er den Jakob doch eh nicht leiden können. Ein arrogantes Arschloch war das gewesen. Meinte, er sei der Intelligenteste weit und breit und wollte ihm Vorschriften machen. Ihm! Jahrzehntelang hatte er seinen Müll im Garten verbrannt und niemand hatte sich je beschwert. Dann kam da so ein seltsamer Vogel, auch noch Nichtschwabe, und machte Theater wegen dem bissle Gestank. Soweit kommt's noch, dass ich auf meinem Land nicht tun und lassen kann was ich will, hatte er bei sich gedacht und in sich hineingeschimpft. Selber nie was ums Haus rum aufräumen oder mal kehren, aber dann bei ihm rummeckern. So einer kam ihm gerade recht. Merkle regte sich sogar jetzt noch granatenmäßig auf, obwohl der unliebsame Nachbar nicht mehr da war.

Er atmete tief durch und machte sich bewusst, dass es damit jetzt vorbei war. Ihm konnte es nur recht sein. Vorhin hatte er ein Auto vor Jakobs Haustür stehen sehen und auch Stimmen gehört. Wer das wohl war? Vielleicht sollte er mal nach dem Rechten sehen, nicht dass da Unbefugte rumstöberten. Die Neugier trieb ihn wieder aus dem Haus.

Er schlüpfte aus den schweren Gummistiefeln und zog die Gartenschuhe über. Dann drückte er sich durch die

Hecke und betrat den Hof vom Jakob. Die Katzen hatten inzwischen aufgefressen, saßen da und putzten sich die Mäuler. Elendes Viehzeug! Das war auch so eine Spinnerei von dem Jakob. Dauernd war er mit Hunden und Katzen zugange, allerdings, den Hund hatte er schon eine Weile nicht mehr gesehen. Aber die Katzen musste er ständig aus seinem Gemüsegarten vertreiben. Merkle klopfte an die Tür. Nach einer Weile öffnete ihm ein Mann, der ihn fragte, wer er sei.

»Und wer sind Sie? Des will i erscht amol wissa. Was machtet Sie hier und mit welcher Befugnis?«, fragte der alte Mann barsch zurück.

»Ja, natürlich, entschuldigen Sie. Ich bin Oberkommissar Winter. Das da hinten ist Hauptkommissar Zondler und Frau Köhler. Wir sind wegen Herrn Jakob hier. Haben Sie schon gehört?«

»Ja, ja, im Laden hab ich es mitgekriegt, der Jakob ist erschossen worden. Also, ich bin der Nachbar von direkt nebenan. Ich heiße Fritz Merkle.«

»Herr Merkle, schön, dass Sie sich melden. Wir werden Sie noch einiges fragen müssen, aber jetzt grad nicht. Wäre gut, wenn Sie sich ein wenig zur Verfügung halten, geht das?«

»I ben dahoim heit. Wenn Sie ebbes brauchet, dann kommet Se oifach rieber«, sagte Merkle und trat eher unwillig den Rückzug an.

Er hatte nicht vor, das spannende Geschehen zu verlassen. Wer wusste, was da noch alles rauskommt über den unliebsamen Nachbarn, dachte er sich.

In seiner Küche holte er eine Flasche Bier aus dem Kühlschrank und setzte sich damit an den Tisch in seinen wohlgepflegten Garten. Soweit es ging, hatte Merkle dort jeglichem Unkraut den Garaus gemacht, kein Löwenzahn ließ sich hier mehr blicken. Der Rasen, ja, ein richtiger Rasen, war akkurat geschnitten und Begonien zierten die Rabatten.

Auch Merkle lebte alleine, verbrachte seine viele Zeit aber gänzlich anders als Jakob sie je verbracht hatte: Er sorgte für Ordnung. Außerhalb seines Hofes sah er es nicht ganz so eng. Er hatte noch einige Obstwiesen und Felder, von denen er inzwischen die meisten verpachtet hatte. Das Alter ließ ihn kürzertreten. Aber mit dem Ertrag seiner Obstbäume brannte er immer noch einen ganz ordentlichen Schnaps und auch den Most machte er selbst. Wenn er nicht daheim ums Haus rumschaffte, dann war er beim Obst- und Gartenbauverein oder auf dem Rathaus. Dort ging er ein und aus, denn es gab immer was kundzutun oder eine Beschwerde vorzubringen. Einer musste sich ja schließlich kümmern.

Es ärgerte ihn ziemlich, dass er nicht mitbekommen hatte, wie sich beim Jakob etwas anbahnte. Irgendwelche Vorzeichen auf das nahende Unglück musste es doch gegeben haben? Merkle hatte den ganzen Nachmittag Zeit zum Sinnieren. Gegen Abend kamen die Polizeibeamten um die Ecke in seinen Hof gebogen. Er begrüßte sie knapp, dann bot er ihnen etwas zu trinken an. Sie nahmen gerne an und ließen sich auf den Gartenstühlen nieder.

»So, Herr Merkle, vielleicht können Sie uns ein bisschen etwas über Ihren Nachbarn erzählen. Er hat ja keine Angehörigen hier in der Nähe und wir wissen noch nicht viel über seine Lebensgewohnheiten. Was war er denn für ein Mensch?«

»Wenn Sie mi froget, ein unmöglicher! A reigschmeckter Großschwätzer. Also seit ogfähr fünf Johr wohnt der jetzt nebadra. Sie hend ja gsea, wie's do ausschaut. So an Saustall vorm Haus, dem war grad älles egal.«

»Naja, da gehen die Vorstellungen halt oft auseinander«, meinte Winter beschwichtigend.

»Haben Sie gesehen oder gehört, wer ihn besucht hat? Freunde, Patienten?«

»Da war scho viel los. Entweder war er fort bei Patientenbesuchen, hieß es, oder die Leut kamen her. Teilweise mit ganz fremde Nummernschilder, mit dicke Autos, Porsche und so. Manche im Anzügle und piekfein und andere mit de Jesuslatschen. I han me oft gwundert, was der für eine Anziehungskraft gehabt hat. Er soll ja ein richtig guter Homöopath gewesen sein. Aber mir isch des älles suschpekt, i kann nix damit anfanga mit dem Hokuspokus.«

Merkle hatte eine eindeutige Meinung und tat diese auch kund. Das war sicher keine große Freundschaft zwischen den beiden Nachbarn, dachte Jette, während sie an ihrem Glas nippte und es dann selbstverständlich zentriert auf den Untersetzer stellte, damit der Tisch keine Wasserflecken bekam. So etwas Pingeliges hatte sie seit ihrer Oma Zeiten nicht mehr erlebt. Auch Zondler schmunzelte in sich hinein.

»Haben Sie mal was gehört, eine Auseinandersetzung nebenan oder ein Gerede im Dorf?«, fragte er den alten Mann.

»Des grad net. Also ruhig war er ja, der Jakob, da kann i nix Gegenteiligs saga. Aber im Dorf hen d' Leit scho gschwätzt. Die oine fanden ihn ganz toll mit seine Kügele und die andere hen g'sagt, des isch a Schofscheiß mit dem alternativa Glomb.«

»Ein was?« Zondler hatte den Ausdruck noch nie gehört, obwohl sein schwäbischer Wortschatz nun wirklich nicht klein war. Er sammelte solche Wörter geradezu und freute sich über jedes neue.

»Sie verstandet mi scho recht, en Krampf halt. Aber mehr woiß ich wirklich net, Sie müsset sich halt amol an seine Kunda wenda.«

»Das werden wir tun Herr Merkle«, sagte Winter und trank sein Glas leer. »Vielen Dank für Ihre Auskünfte und auch für den Sprudel.«

Auch die andern beiden standen nun auf und verabschiedeten sich.

»Ich könnt wetten, der macht jetzt sofort alles wieder klinisch rein, sobald wir um die Ecke sind«, flüsterte Jette beim Gehen Zondler zu. Der nickte grinsend.

»Und jetzt?«

»Ich würd sagen, wir zwei gehen jetzt in unsern Gasthof, wenn Sie uns nicht mehr brauchen, Herr Winter«, schlug Zondler vor.

»Ja, klar, gehen Sie nur, ist ja auch schon Abend. Vielleicht sehen wir uns morgen, mal schaun. Danke für's Mitkommen. Möchten Sie ihren Kollegen Aichele informieren oder soll ich das noch tun?«

»Ach, ich ruf dem nachher mal an, der freut sich, meine Stimme zu hören.«

»Gut, also bis dann.«

Winter setzte sich in sein Auto und fuhr davon. Jette und Zondler gingen langsamen und gemütlichen Schrittes durchs Dorf bis zum Gasthof Kreuz. Dort schauten sie erst mal auf die Speisekarte, was es heute Leckeres zum Abendessen gab: Forelle mit Salzkartoffeln und Salat, nicht übel. Beim Essen fragten sie die Kreuzwirtin unauffällig etwas über Jakob aus. Ob er denn ein guter

Homöopath gewesen sei und viele Patienten gehabt habe. Und was die Leute so über ihn geredet haben.

Frau Eisele hatte den ganzen Tag an nichts anderes gedacht, aber bisher wenig Ansprache gehabt. Ihren Mann interessierte dieser »Weiberkram« nicht, wie er sagte. Sie erzählte also willig, dass der Homöopath schon ein ganz besonderer Vogel gewesen sei. Er habe kein Fleisch gegessen und Fisch auch nicht. Was seine Besuche in der Wirtschaft etwas kompliziert machte, er wollte immer extra Gemüse und natürlich Salat. Aber für ihre Gäste tue sie ja schließlich alles. Meistens sei er alleine dagewesen, irgendwie sei er wohl etwas einsam gewesen, das wisse sie nicht so genau. Ein paar Leute aus Hayingen hätten ihn wohl konsultiert, aber wie man so hörte, seien die allermeisten aus dem Großraum Stuttgart und vom Bodensee gekommen. Man sage nicht umsonst, der Prophet gelte im eigenen Land nichts. Obwohl, er behandelte auch Tiere und da habe er wohl viele Kunden hier gehabt, weil die Erfolge so gut waren. Und das spreche sich natürlich rum. Einer sei davon überhaupt nicht begeistert gewesen, nämlich der alte Tierarzt, dem Jakob wohl viele Kunden abspenstig gemacht habe. Der sei ein etwas rauer Doktor und deshalb nicht mehr so beliebt bei den Hunde- und Katzenbesitzern, die sich eine sanftere Hand für ihre Lieblinge wünschten.

»Die spinnet ja manchmal, die Tierbesitzer, wenn Sie mi froget. Aber jedem das Seine. Und der Jakob hat sicher nicht schlecht verdient dran«, schloss sie schließlich ihren langen Monolog.

Es war Zeit ins Bett zu gehen. Noch ein letztes Gläschen Weißwein und dann zogen sie sich in ihr Zimmer zurück. Zondler hatte Aichele natürlich nicht vergessen, schon vor dem Abendessen hatten sie telefoniert. Aichele wollte am nächsten Tag herkommen, schließlich musste er sich endlich sehen lassen als zuständiger Chef des Falles. Aber es würde sicher fast Mittag werden, bis er eintraf.

Am nächsten Morgen setzte sich Aichele in den alten Passat, der ihnen als Dienstwagen zur Verfügung stand. Vor zehn Uhr kam er allerdings nicht weg in Esslingen, es war noch einiges zu erledigen. Doch dann fuhr er in bester Laune erst nach Kirchheim und von dort hinter Lenningen die Alb hinauf. Er nahm die gleiche Route wie Zondler vor ein paar Tagen. Schön war es hier! Und so ruhig, nachdem er das geschäftige Treiben im Tal hinter sich gelassen hatte. Es ging ein wenig auf und ab, erst runter ins Seeburger Tal, dann wieder hinauf nach Münsingen. Er passierte ein Hinweisschild mit dem Namen Truppenübungsplatz Gruorn. Da wollte er schon lange mal hin, denn er hatte einen interessanten Bericht über dieses große ehemalige Militärgelände gelesen, das inzwischen eine Naturoase war. Aber heute ging das auf keinen Fall. Nach Münsingen fing das liebliche Lautertal an und es war nicht mehr weit bis Hayingen. Die Lauter schlängelte sich kurvenreich durch die Wiesen. Das Wasser sah so herrlich erfrischend aus, dass er am liebsten seine Füße reingesteckt hätte. Aber auch das ging nicht, er wurde ja erwartet.

Hinter Indelhausen führte ihn die Landstraße in einer steilen Kurve den Berg hoch. Er erreichte nach ein paar

Minuten Hayingen. Dort stand auch sogleich ein Wegweiser zum Gasthof Kreuz. Wie ausgemacht, sah er schon von Weitem Zondler und Jette vor dem Kirchplatz auf den Stufen sitzen, die den Platz umrahmten. Sie schienen sich tatsächlich richtig zu freuen, ihn zu sehen.

»Aichele, alter Kollege, gut, dass du da bist. Dann muss ich vielleicht nicht mehr so viel schaffen in meinem Urlaub. Und dir isch nemme so langweilig, du wolltest ja unbedingt wieder einen interessanten Fall, bei dem du raus kommst«, begrüßte ihn Zondler herzlich.

Aichele gab zuerst Jette die Hand und haute dann Zondler auf die Schulter.

»Ja, des isch net schlecht, die Gegend gefällt mir richtig gut. Aber du, freu dich mal nicht zu früh über die Entlastung, jetzt bist du schon dabei und bleibst auch dabei. Umso schneller geht's.«

Von der anderen Seite des Platzes näherte sich im selben Augenblick Winter und es begann eine allgemeine Vorstellungsrunde.

»Sagt mal, braucht ihr mich eigentlich? Eher nicht, bei so viel geballter Polizeipräsenz, oder? Ich könnte mich doch abseilen und mir einen schönen Tag machen«, fragte Jette in die Männerrunde hinein.

»Stimmt, aber was hast du denn vor? Hier gibt's doch gar nicht viel«, sagte Zondler.

»Ich kann ja mal ein bisschen in der Gegend rumfahren, vielleicht zum Kloster Marchtal oder so. Wir haben zwar kein Auto hier, aber vielleicht wär's möglich, den Passat auszuleihen?«

Aicheles Passat war allerdings der Dienstwagen, was die Sache etwas verkomplizierte. Eigentlich durfte niemand anderes damit unterwegs sein, von den Kilometern ganz zu schweigen. Die Männer wiegten bedenklich den Kopf, aber Jette versprach, unterwegs zu tanken und vor allem vorsichtig zu fahren, und so gaben sie schließlich ihre Zustimmung. Zondler hatte eh schon ein sehr schlechtes Gewissen, weil der gemeinsame Urlaub sich so merkwürdig entwickelte, und redete ihr nun zu, sich einen wirklich schönen Tag zu machen.

»Und später erzählst du mir aber, was du alles gesehen hast. Tut mir wirklich ganz arg leid Jette, aber du siehst ja, was hier los ist.«

Er schaute sie treuherzig an und sie musste lachen.

»Ich bin nicht sauer, mach dir keine Gedanken. Also, ich geh dann jetzt, wo ist der Autoschlüssel?«

»Hier. Und viel Vergnügen«, erwiderte Aichele und reichte ihr den Schlüsselbund. Jette bedankte sich und war schnell verschwunden.

Die drei Polizeibeamten diskutierten kurz, was zu tun sei und setzten sich dann in Bewegung zu Jakobs Haus, wo sie die Patientenakten durchgehen wollten. Aichele hatte selbstverständlich vorher eine Genehmigung beim Staatsanwalt eingeholt und diese auch ohne Schwierigkeiten bekommen. Als sie unterwegs waren, meinte Zondler:

»Also Kollegen, wenn wir jetzt schon so schön zusammenarbeiten, dann wär's doch gut, wenn wir alle du zueinander sagen, oder? Wenn's allen recht ist«, sagte er und schaute fragend zu Winter und Aichele.

»Kein Problem«, nickte Winter zustimmend und auch Aichele segnete das ab. Alle zeigten mit dem jeweiligen Finger auf sich und sagten: Udo, Sebastian, Peter. Somit war das geklärt. Beim Haus von Jakob angekommen, sahen sie als Erstes Fritz Merkle hinter der Hecke stehen und misstrauisch herüberäugen.

Winter winkte und rief: »Keine Sorge, Herr Merkle, wir sind's die Männer von der Polizei, es ist alles in Ordnung.«

Merkle brummelte irgendwas und dreht ihnen dann den Rücken zu. Sie betraten das Haus und das im hinteren Bereich liegende Büro mit dem Schreibtisch. Winter hatte zwar alles grob durchsucht, war aber natürlich nicht fertig geworden. Den großen Aktenschrank hatte er bewusst für heute aufgespart. Das riesige Möbelstück war abgeschlossen und sie mussten sich erst auf die Suche nach dem Schlüssel machen. Aichele fand ihn nach einer guten halben Stunde in einer Streichholzschachtel am Kamin.

»Das hat er uns aber nicht leicht gemacht. Ins Haus kann jeder rein, der will, aber mit seinen Akten ist er doch vorsichtig umgegangen. Recht so, schließlich hat er Verantwortung für seine Patienten«, sagte er und schloss dabei auf. Jeder der drei Männer nahm sich einen Stapel und suchte sich einen Platz zum Durcharbeiten.

Stille senkte sich über das Zimmer, alle waren vertieft in die vor ihnen liegenden Akten auf der Suche nach einem Motiv. Irgendwann ging Aichele in die Küche und sah nach, ob er in einem der Schränke Kaffee finden konnte. Tatsächlich, es gab welchen. Er setzte Wasser auf, füllte das Pulver in den rumstehenden Handfilter und ließ es dann in eine Kanne laufen. Anscheinend ging das hier so, Kaffeemaschine gab es keine. Zucker war auch da, nur die Milch war sauer, dann musste es halt mal ohne gehen. Man hätte ja auch den Merkle fragen können, aber den wollte keiner aufschrecken und anschließend nicht mehr loswerden.

So vergingen einige Stunden in trautem Schweigen. Es fand sich nichts, absolut nichts. Es waren nur ganz normale Patientendaten. Hier ein Hund mit Inkontinenz, dort ein Stubentiger mit Katzenschnupfen. Pferde mit Lahmheitsproblemen, Entzündungen aller Art. Die Menschenakten waren interessanter. Hauptsächlich Frauen hatten den Homöopathen konsultiert. Es war die Rede von Allergien, Wechseljahrsbeschwerden, Eheproblemen, Depressionen. Auch einige Krebserkrankungen waren dabei. Da Jakob auch als Psychologe gearbeitet hatte, war das normales Alltagsgeschäft. Nirgends ein Hinweis auf einen unzufriedenen Patienten mit großer Wut im Bauch. Keine Drohungen, nichts. Zondler kam auch Jettes Akte unter die Finger. Nein, die wollte er nicht einsehen, ihre Privatsphäre tastete er nicht an und verdächtig war sie sowieso nicht. Ohne einen Kommentar legte er den Ordner zu den erledigten anderen. Auch Winter hielt nach einem bestimmten Namen Ausschau, fand ihn nicht und fragte auch bei den Kollegen nicht nach.

Inzwischen war es sechs Uhr abends. Zondler schloss resigniert die letzte Akte.

»Das war's wohl. Viel Arbeit und Zeit mit null Ergebnis. Lasst uns aufhören«, sagte Zondler schließlich und klappte seine letzte Akte zu.

Sie verstauten das ganze Material wieder ordentlich im Schrank und machten sich auf den Heimweg. Merkle war natürlich wieder rein zufällig auf dem Hof mit seinem Traktor beschäftigt und verfolgte sie mit seinen Blicken.

»Also hier kann eigentlich nichts passiert sein, der Typ liegt doch ständig auf der Lauer«, sagte Aichele.

»Höchstens, er war's selber. Sozusagen aus Notwehr, wegen dem vielen Unkraut und Wildwuchs. Was hätte er denn machen sollen, der arme Herr Merkle?«, spöttelte Winter.

Auf dem Weg zum Hotel kamen sie an einem Stall vorbei. Dort stand ein roter Geländewagen mit dem Logo des Tierarztes Seidler.

»Da schau her, den wollten wir doch sowieso sprechen. Dann können wir das doch vielleicht gleich erledigen«, schlug Zondler vor.

Sie betraten den dämmrigen Stall und nahmen ganz hinten eine Bewegung war. Als sich ihre Augen an das schummrige Licht gewöhnt hatten, sahen sie den Bauern und daneben einen Mann, der wohl der gesuchte Doktor Seidler war. Sein gesamter Arm steckte fast bis zur Schulter im Hinterteil einer Kuh, der das nicht besonders zu gefallen schien.

»Ruhig, Berta, ganz ruhig«, versuchte der Bauer das Tier zu beruhigen und tätschelte der Kuh den Kopf.

»Doktor Seidler? Könnten wir Sie nachher kurz sprechen, wenn Sie hier fertig sind? Mein Name ist Zondler, Kripo Esslingen, und das sind Kommissar Winter und Kommissar Aichele, meine Kollegen.«

»Sie sehen wohl selbst, dass ich grad mitten in einer wichtigen Untersuchung bin. Nachher vielleicht – falls die Herren so viel Zeit haben«, raunzte Seidler recht unfreundlich und sah Zondler nicht einmal dabei an. Der Bauer mischte sich ein und wies sie auf ein Bänkle vorm Wohnhaus hin. Da könnten sie sich ja so lang hinsetzen, bis der Herr Doktor fertig sei.

Das taten sie auch. Nach einer guten Viertelstunde kam Seidler aus dem Stall, ging aber erst zum Wasserhahn und schrubbte sich gründlich Hände und Arme mit dem dort bereitgestellten Waschzeug. Dann wandte er sich den Kriminalbeamten zu.

»So, jetzt wär ich soweit. Was ist denn so wichtig, dass

Sie mich unterwegs abfangen?«, fragte er in die kriminalistische Runde.

»Das war eher zufällig, wir sind hier nur vorbeigekommen und haben Ihren Wagen stehen sehen. Also, Sie haben bestimmt von dem Mord an Herrn Jakob gehört. In gewisser Weise ist das ja ein Kollege von Ihnen gewesen und Sie hatten sicher Kontakt zueinander. Momentan befragen wir alle, die mit ihm zu tun hatten. Vielleicht können Sie uns ein Stück weiterhelfen. Können Sie sich vorstellen, wer einen Grund hatte, ihn zu erschießen?«

Seidler schnaubte unwillig und das hörte sich fast genauso an, wie vorher die Kuh Berta im Stall.

»Der Blender. Hören Sie mir bloß auf. Ich bin hier seit Ewigkeiten Tierarzt und glauben Sie mir, ich versteh mein Geschäft. Und dann kommt dieser Schnösel von Homöopath, klaut mir die Kundschaft mit seinem spirituellen Geschwätz, und die Leute sind auch noch so blöd, darauf hereinzufallen. Die ganzen Hunde- und Katzenbesitzer sind mit ihren verwöhnten Lieblingen inzwischen bei ihm in Behandlung.«

»Aber er soll doch ganz ordentlich gearbeitet haben und viele Heilerfolge erzielt haben«, warf Winter ein.

»Mag sein. Die Zeit hätt's vielleicht auch gerichtet und wer sagt, dass meine Schulmedizin schlechter ist? Mir stinkt's hauptsächlich, weil er mir die etwas lohnenderen Kunden abgezogen hat. Für mich bleiben die Schafe, Kühe und Schweine und das Besamen. Nicht grade das, was ich mir erträumt habe für die letzten Berufsjahre«, sagte der Tierarzt mit mürrischer Stimme.

»Das verstehen wir, Herr Doktor Seidler. Andere Frage. Leider ist die Information öffentlich geworden, dass der Jakob an einer Schussverletzung gestorben ist.

Wir sind natürlich auf der Suche nach der Waffe und jetzt wird's ein wenig unangenehm: haben Sie ein Gewehr?«, fragte Peter Zondler.

Aichele wunderte sich etwas, wieso Zondler diese Frage so gezielt setzte, aber die Erklärung wurde prompt nachgereicht.

»Als Tierarzt hab ich selbstverständlich eine Waffe, außerdem habe ich den Jagdschein. Manchmal lässt es sich nicht vermeiden, dass ich ein Tier von seinen Schmerzen erlösen muss. Das macht keiner gern, aber es ist doch besser, als ein langes Leiden. Im Auto liegt das Kleinkalibergewehr. Sie können es gerne anschauen.«

Sie gingen zusammen zu dem Geländewagen und Seidler holte das Gewehr aus einem verschlossenen Koffer. Winter roch am Lauf und meinte, da wäre wohl erst kürzlich draus geschossen worden. Seidler nickte.

»Ja, vorgestern fand ich im Wald ein schwer verletztes Reh und gab ihm den Gnadenschuss.«

»Aha«, meinte Zondler nur. Sie verabschiedeten sich und gingen schweigend zum Gasthof Kreuz zurück. Dort bestellten sie sich ein Weizenbier, Dienst hin oder her, hier war alles ein wenig anders. Außerdem war es inzwischen schon sieben Uhr und sicher Feierabend.

»Also, ein Motiv hat der Seidler. Anderseits ist es doch ein bisschen arg offensichtlich«, sagte Aichele leise.

»Aber so, wie ihn die Wirtin hier beschrieben hat, scheint er etwas cholerisch zu sein. Und bestimmt nicht zimperlich. Wenn sich dann grad so eine schöne Gelegenheit ergibt, den Konkurrenten loszuwerden …«, fügte Winter an.

»Also, so ganz will es mir auch nicht einleuchten. Aber wir setzen ihn auf jeden Fall auf die Liste der Verdächtigen. Naja, eigentlich ist er ja bis jetzt der Einzige. Ah, da kommt Jette, die hat sich aber lang rumgetrieben! Na, hattest du einen schönen Tag?«

»Perfekt! Aber jetzt bin ich müd. Was trinkt ihr da? Das brauch ich auch«, sagte sie und ließ sich mit einem Seufzer auf den noch freien Stuhl fallen. Frau Eisele hatte schon von Weitem den Ruf nach Bier vernommen und brachte schleunigst ein Glas. Nach einem tiefen Zug fing Jette an zu erzählen, dass sie eine lange Rundfahrt gemacht habe über Marchtal, dann Riedlingen und weiter bis Bad Buchau und von dort wieder hierher. Unterbrochen von ein wenig Laufen, Kaffee trinken und in Buchläden stöbern. Wie gesagt, ein perfekter Tag. Sie sagte nicht, dass sie die Buchläden gezielt besucht hatte in Hinblick auf eine eventuelle künftige Arbeitsstelle. Leider bisher ohne Erfolg.

Winter verabschiedete sich bald und fuhr nach Hause. Er müsse nach Wasserstetten, das sei so eine halbe Stunde Fahrtzeit. Er würde dann morgen wiederkommen, um zehn Uhr, wenn's recht sei.

Zondler und Aichele nickten zustimmend und sahen ihm hinterher.

»Ganz sympathisch der Kollege, gell? Mit dem kann man schaffen, der tut nicht so, als ob der Fall allein ihm gehört«, sagte Zondler zu Aichele.

»Stimmt. Aber so richtig gesprächig ist er nicht«, meinte Aichele.

»Mir isch's grad recht, wenn mir net jeder's Ohr abkaut.«

»Du moinscht aber net mi, oder? I bin doch eh bloß mit Zuhöra bei deine Monologe beschäftigt«, frotzelte Aichele zurück, und Jette grinste in sich hinein.

Sie bestellten das Abendessen und anschließend machten Zondler und Jette noch einen ausgiebigen Abendspaziergang, schließlich hatten sie heute noch fast nichts voneinander gehabt.

Sie kamen sowohl an Jakobs Haus als auch an dem Bauernhof vorbei, wo sie Doktor Seidler getroffen hatten und Zondler erzählte Jette, was sich am heutigen Tag so alles zugetragen hatte.

Nach dem Frühstück am nächsten Morgen beschloss Jette, zu Jakobs Haus zu gehen, um nach den Katzen zu sehen, denn die hatten bestimmt schon großen Hunger. Vorher ging sie noch in den kleinen Supermarkt am Ort und kaufte die versprochene Ansichtskarte für ihre Freundin Agnes. Das war noch so ein richtiger alter Einkaufsladen, in dem es alles gab von Fleisch und Wurst über Gemüse, Grundnahrungsmittel, außerdem noch Drogerieartikel, Zeitschriften, Blumensetzlinge und eben auch Ansichtskarten. Alles auf kleinstem Raum. Und mit ganz persönlicher Bedienung und Beratung. Jette kaufte noch ein paar Kleinigkeiten, außerdem frisches Obst. Mit der vollen Tüte spazierte sie zu Jakobs Haus.

Im Hof waren die zwei Katzen nicht zu sehen. Jette rief nach ihnen und schaute dann in den kleinen Schuppen. Nein, da waren sie nicht, nichts regte sich. Sie machte das Tor der größeren Scheune auf und gewöhnte erst einmal die Augen ans Dämmerlicht, die kleine Funzel von Glühbirne, die von oben runter hing, machte fast kein Licht. Da waren sie ja die beiden! Ganz hinten an der Wand hatten sie sich auf einem alten Sack zusammengerollt und bis jetzt geschlafen. Die getigerte Katze gähnte und riss weit das Maul auf. Ihr Kumpel, ein rabenschwarzer Kater, streckte sich gerade und stand dann auf. Jette streichelte die beiden, die sofort anfingen zu schnurren wie kleine geölte Maschinen, nur schöner. Neben dem Sack am Boden und allerlei Geräten entdeckte Jette eine schmale Tür, die man von vorne gar nicht sehen konnte. Es gab auch keine Türklinke oder einen Riegel. Neugierig geworden drückte sie gegen das Holz, das sich schwerfällig und mit einem scharrenden Geräusch nach innen bewegte. Jette schlüpfte hindurch. Hier herrschte geheimnisvolles grünliches Dämmerlicht, sie meinte, in einer Art Gewächshaus zu stehen. Zumindest wuchs hier etwas. Staunend sah sie sich um.

Jede Menge grüne Pflanzen, die allerdings ziemlich schlapp aussahen. Sie brauchten wohl dringend Wasser. Jette war sich nicht sicher, aber wenn das keine Hanfpflanzen waren, dann wollte sie ihren alten Staubsauger fressen! Das musste sie unbedingt Peter zeigen.

Aber die Katzen drängten auf ihr Futter und waren zuerst dran. Jette hatte beim letzten Besuch die Konserven mit dem Futter gleich im Hof deponiert, damit sie beim nächsten Mal nicht ins Haus musste. Von dort holte sie nun zwei neue Dosen und versorgte die beiden. Dann füllte sie noch zwei Schüsselchen mit Wassermilchgemisch für den Durst.

Dann machte sie sich auf den Weg zurück zum Gasthof Kreuz. Die Männer waren noch da. Sie staunten nicht schlecht über Jettes Entdeckung und gingen gleich mit ihr zurück.

»Da hat wohl der gesundheitsbewusste Jakob einen kleinen Nebenerwerb gehabt«, meinte Winter.

»Aber vielleicht auch Eigenbedarf? Jedenfalls sollte wohl niemand was davon wissen. Die Pflanzung ist gut versteckt und auch recht professionell, wenn ich mir das so anschaue«, meinte Aichele.

»Wie sollte es auch anders sein, der kennt sich schließlich aus«, sagte Zondler.

Jette hatte inzwischen die Gießkanne gefüllt und goss die Pflanzen, die schlapp herunterhingen. Sie konnten schließlich nichts dafür, dass sie verboten waren und sie konnte das nicht mit ansehen.

»Wahrscheinlich werden die sowieso vernichtet in den nächsten Tagen, Jette, die Mühe kannst du dir sparen.«

Er holte eine Plastiktüte aus der Tasche, schnitt mit einer Schere einige Pflanzen ab und verstaute sie in dem verschließbaren Beutel.

»So, das muss ins Labor. Kümmerst du dich darum Udo?«, fragte er Winter.

»Mach ich. Wie gehen wir weiter vor?«

»Also ich nehm mir heute den Computer von Jakob vor und checke seine E-Mails. Vielleicht bringt uns das auf eine Spur«, sagte Aichele.

»Gut, und ich mach blau, wenn es den Herren recht ist, und kümmere mich um meine Freundin, bevor sie mich verlässt.«

»Es sei dir vergönnt. Bis heute Abend dann!«

Das Wetter war sehr schön und so beschlossen Jette und Zondler, mit dem Bus zurück nach Buttenhausen zu fahren und von dort eine Kanutour auf der Lauter zu machen. Die ging bis Indelhausen, und irgendwie würden sie auch wieder zurückkommen. Sie hatten Glück, es ging schon gegen Mittag und um diese Tageszeit waren die Busverbindungen ganz gut. In Buttenhausen war glücklicherweise nicht viel los am Einstieg in die Lauter. Sie bekamen sofort ein Boot und genossen das stille Gleiten über den kleinen Fluss. Das Wasser war wirklich glasklar. Interessant waren auch die vielen Pflanzen, die im Wasser wuchsen, es hatte so etwas Geheimnisvolles, wie sich die Grasbüschel in den Wellen bewegten. Nur die Mücken waren lästig. Ab und zu scheuchten sie unabsichtlich eine Ente auf, die laut quakend die Flucht antrat. Einige Fischreiher sahen sie auch still dastehen. Sie hielten konzentriert nach Beute Ausschau, hatten aber die Kanufahrer genau im Auge. Viel zu schnell ging die schöne Tour zu Ende. In Indelhausen angekommen, kehrten sie noch im Hirsch ein und tranken Kaffee. Dann fuhren sie mit dem nächsten Rückholdienst des Paddelbootunternehmens zurück nach Buttenhausen. Die Gelegenheit, Zondlers Golf von dort mitzunehmen, war günstig. Das Auto stand noch brav auf dem Wanderparkplatz und wartete auf seinen Besitzer. Sehr spät war es noch nicht, und weil sie den ganzen Tag im Sitzen verbracht hatten, beschlossen sie, noch eine größere Runde zu laufen. Jette kramte die Nordic-Walking-Stöcke aus dem Kofferraum, was Zondler zu einem gequälten Stöhnen veranlasste. Zwar lief er manchmal mit Jette eine Weile, aber so ein richtiger Fan dieser Sportart würde er wohl nie werden.

»Stell dich nicht so an Peter! Den ganzen Tag sind wir fast nur rumgehockt, es wird Zeit, die Beine zu bewegen. Wir machen auch nicht so schnell, versprochen.«

Er fügte sich und nahm die Stöcke. Unterwegs fiel Zondler etwas ein, das er vor einiger Zeit in der Zeitung gelesen hatte.

»Sag mal, kennst du den Ikarus vom Lautertal, den Gustav Mesmer?«

»Ganz weit hinten kommt mir der bekannt vor, aber mehr auch nicht. War der hier aus der Gegend?«

»Zumindest hat er seine letzten Jahre in Buttenhausen verbracht. Geboren ist er irgendwo bei Ravensburg. In dem Zeitungsbericht stand, dass er als Kind sehr kränklich war und daher kaum in der Schule gewesen ist. Überhaupt war er anders als andere und kam deshalb in die Psychiatrie nach Bad Schussenried für sage und schreibe fünfunddreißig Jahre! Diagnose Schizophrenie. Er hatte noch Glück, dass er die Nazizeit überlebt hat, weil er so praktisch begabt war und alles richten konnte. Sonst wäre er sicher wie viele andere nach Grafeneck gekommen und schließlich vergast worden.«

»Kein schönes Leben. Wie ging's dann weiter?«

Eine Verwandte hat ihn 1964 aus der Anstalt geholt und er kam hierher nach Buttenhausen. Er hatte sogar ein Werkstättle. Und ab da ging's bergauf. Viele Leute von hier ließen alles Mögliche bei ihm reparieren. Er ging endlich seiner großen Leidenschaft nach und erfand beispielsweise das Flugrad.«

»Ah, dazu hab ich ein Bild im Kopf! Das war genial! Ich hab es in Stuttgart auf der Schwabenausstellung gesehen.«

»Stimmt. Geflogen ist er anscheinend nie richtig, aber er hat immer an seinem Traum gearbeitet und ihn gelebt.«

»Gibt's die Werkstatt noch im Dorf, kann man die besichtigen?«

»Leider nein, ist abgerissen worden. Es soll hier aber mal für ihn ein Museum eingerichtet werden.«

Mittlerweile waren sie wieder beim Auto angekommen, ließen sich in die Sitze fallen und fuhren heim in ihre Unterkunft. Beide waren müde, der Tag war schön gewesen mit vielerlei Erlebnissen. Und sogar die Nordic-Walking-Runde war nicht so anstrengend gewesen wie befürchtet.

Nach einer Dusche fühlten sie sich erfrischt und gingen runter in den Biergarten zum Abendessen. Aichele saß auch schon da.

»Na, habt ihr einen schönen Tag gehabt?«, fragte er fröhlich gelaunt.

»Bestens, alles wunderbar, so eine Kanufahrt ist wirklich mal was Anderes«, antwortete Zondler.

»Wenn man nur drinsitzt und die Hand ins Wasser hält, dann ist es noch viel besser«, sagte Jette. Denn gepaddelt hatte Zondler alleine.

Beim Essen erzählte dann Aichele von seinen Recherchen in Jakobs Computer.

»Er hatte da einige Patienten mit Krebs im Endstadium. Denen hat er wohl mit deren Einverständnis auch Cannabis verabreicht. Offiziell ist es sehr schwer, das Gras verschrieben zu bekommen, also hat er wohl Eigeninitiative ergriffen. Ich hab mich da ein bisschen informiert, es ist schon eine Sauerei, wisst ihr. Da gibt es ein Mittel, das hilft und dann macht der Staat ein Gedöns, als ob alle Welt süchtig würde. Dabei ist erwiesen, dass Cannabis bei starken Schmerzen sehr gut helfen kann. Wenn das dann kontrolliert abgegeben wird, wo ist denn dann das Problem?«

»Wahrscheinlich mal wieder die Pharmalobby«, warf Jette ein.

»So wird's sein. Und bei den Krankenkassen, bis sich so ein Apparat bewegt, das dauert ewig. Seit Neuestem ist das Zeug freigegeben. Für schwer kranke Patienten dürfen Ärzte ein Rezept ausschreiben und man bekommt es in der Apotheke. Allerdings nur, wenn alle anderen Schmerzmittel nicht helfen. Für Heilpraktiker und Homöopathen gilt das mit der Freigabe nicht. Und selber anbauen darf man schon gar nichts. Ich hab da jedenfalls ein paar Namen und Adressen von Patienten, die müssen wir morgen abklappern, aber ob uns das weiterbringt? Diese Leute waren sicher dankbar für das Mittel und hatten keinerlei Motiv, Jakob was Böses zu wollen. Die mag ich auch gar nicht anschwärzen«, sagte Aichele und blickte sinnierend in den Abendhimmel.

»Stimmt, aber vielleicht ist er damit irgendjemand in die Quere gekommen? Ich glaub zwar nicht, dass sich hier oben ein Drogenring etabliert hat, aber nachprüfen müssen wir das auf jeden Fall. Wir fragen morgen den Winter, ob es hier in der Gegend für sowas eine Szene gibt.«

»Hallo, Frau Eisele! Bringen Sie uns bitte noch drei Bier!«, rief Zondler der Wirtin zu, die eben aus dem Haus trat.

»Sofort, kommt gleich. Sie sind mir ja vielleicht einer. Das hätten Sie mir ruhig sagen, können, dass Sie auch einer von der Polizei sind«, beklagte sie sich, als sie kurz darauf die Getränke brachte.

»Was wär dann anders gewesen?«, fragte er zurück.

Dann erklärte er der Wirtin, dass sie rein zufällig auf den Mord gestoßen seien und er sei doch nun mal der Zuständige, wenn auch im Urlaub. So sei's halt manchmal.

Frau Eisele war besänftigt. Sie verabschiedete sich mit dem Hinweis, dass sie heut noch was vorhabe, aber sie bräuchten sich keine Sorgen zu machen. Ihre Hilfskraft, die Mila, würde sich um sie kümmern, auf die sei Verlass, sonst würde sie sie auch nicht mit der Wirtschaft alleine lassen.

Das nächste Getränk brachte denn auch besagte Mila. Sie war vielleicht Ende zwanzig, hatte zwei blonde Zöpfe und trug eine richtig uralte Jeans. Keine so Neumodische, in die man die Löcher absichtlich reinschneidet, nein, diese sah wirklich abgetragen aus. Dazu ein schlabbriges Männer T-Shirt. Trotzdem, oder gerade deswegen, sah Mila überaus reizend aus. Aichele musterte sie interessiert und setzte sich gleich mal ein bisschen aufrechter hin. Als sie »Zum Wohl« sagte, versuchte er, ihren Blick einzufangen, was ihm auch gelang. Sie lächelte und zog leicht amüsiert einen Mundwinkel nach oben, was ihr ein spitzbübisches Aussehen verlieh. Aichele schmolz dahin. War sie das etwa? Sein Schicksal? Er träumte ja schon eine ganze Weile von der ganz normalen Frau, die es vereinzelt noch geben sollte. Er würde es herausfinden. Deshalb blieb er sitzen bis Zondler und Jette sich in ihr Zimmer zurückgezogen hatten. Er saß noch, als die letzten Gäste gegangen waren und er saß immer noch, als Mila mit der Rechnung kam und sagte, sie würden jetzt gerne schließen. Aichele kam sich vor wie Alois – der Münchner im Himmel – der bekanntermaßen ewig im Hofbräuhaus saß und auf die göttliche Eingebung wartete. Er hatte zwar nicht so viel getrunken, aber er überlegte und überlegte, wie er Mila zu einem Treffen überreden konnte. Wie machte man sowas überhaupt? Beim Sport oder in einem Club in der Stadt ergab sich das meist leichter, vor allem, wenn er mit den Freunden unterwegs war. Aber hier in dieser Stille, in diesem Kaff?

Er bezahlte und verrechnete sich dabei mordsmäßig, sodass Mila korrigieren musste und sich sicher ihren Teil dachte. Andererseits hatte sie es offensichtlich nicht sehr eilig. Aichele fasste sich ein Herz und fragte:

»Bedienst du immer hier?«

»Nur so zur Aushilfe. Eigentlich arbeite ich in der Gärtnerei. Das hier mach ich nur meiner Tante zuliebe. Ein paar Euro nebenher sind auch nicht schlecht, oder? Warum?«

»Naja, also ich bin dienstlich hier. Die Frau Eisele hat sicher erzählt, dass wir hier ermitteln. Vielleicht kannst du mir ja ein wenig erzählen, was hier im Dorf so los ist und so.«

Aichele wurde zunehmend unsicher, weil Mila ihn mit gerunzelter Stirn anschaute.

»Also rumschnüffeln werd ich hier sicher nicht und der Polizei dann alles brühwarm erzählen. Da kannst du dir jemand anders suchen«, sagte sie und drehte sich in Richtung Wirtshauseingang.

»Hoppla, jetzt hab ich das falsch angefangen, tut mir leid. Eigentlich wollte ich bloß fragen, ob wir mal was zusammen machen können. Ich fand dich gleich sympathisch, als ich dich sah«, setzte er leise noch hinzu.

Mila drehte sich wieder um.

»Warum sagsch du des net glei? So was von kompliziert! A Stuttgarter halt. Natürlich könnet mir was ausmacha. Wie wärs mit Kino? Allerdings müsset mir dann bis Riedlingen fahra.«

»Gern! Das ist kein Problem! Morgen Abend, geht das? So um sieben?«

»Ja, des geht. Ich komm dann hierher, okay?«

»Ja, wunderbar, ich freu mich!«, sagte Aichele und strahlte über beide Backen. Mila verschwand im Lokal. Er setzte sich auch in Bewegung, froh, diese schwierige Hürde irgendwie gemeistert zu haben. Die gefiel ihm schon ganz gut, diese Mila, dachte er so im Gehen. Die gefiel ihm eigentlich wirklich sehr gut, korrigierte er sich.

Also Herrschaften, ich hab hier erst mal drei Patientenakten. Weil wir zu dritt sind, darf jeder eine abarbeiten und besuchen, ist das okay so? Oder wolltest du dich heut auch wieder urlaubsmäßig betätigen Peter?«, fragte Udo Winter vorsichtig nach.

»Den ganzen Tag bin ich jedenfalls nicht dabei. Gut, ich übernehme einen Patienten, dann ist aber gut für heute.«

»Schön, das ist doch schon mal was. Mal sehen, ich hab hier die Namen Löffler, Friesinger und Schönleben. Die sind alle hier aus der näheren Umgebung. Ist vielleicht sinnvoll, wir fangen damit an. Wer will wen? Ihr dürft es euch aussuchen!«

»Isch mir grad egal«, sagte Zondler. Er schnappte sich die ihm dargebotene Akte mit dem Aufkleber Schönleben.

»Na, wenn das kein toller Name ist«, sagte er noch und machte sich dann auf den Weg. Er wollte die Befragung möglichst schnell durchziehen, damit noch viel Zeit für einen Ausflug mit Jette übrig blieb. Diese wollte heute Morgen der örtlichen Buchhandlung einen längeren Besuch abstatten, hatte sie ihm erzählt. Ein wenig gewundert hatte er sich schon. Jetzt arbeitete sie schon in einem Buchladen und dann fiel ihr nichts Besseres ein, als in ihrem Urlaub auch noch Buchhandlungen aufzusuchen. Aber bitte, er hatte in dieser Hinsicht im Moment keine Stimme im Landtag. Denn, wenn er ehrlich war, dann hatte ihm sein Beruf diesen Urlaub bisher ganz schön versaut. Allerdings fand er es bewundernswert und auch sehr lieb, wie Jette mit dieser Situation umging.

Winter schrie ihm noch nach, dass er kein Auto brauche, die Adresse sei am östlichen Ortseingang. Dort sei ein kleines Gewerbegebiet, auch eine große Tankstelle. Irgendwo da müsse es sein. Zondler winkte zum Zeichen, dass er verstanden hatte, und eilte davon. Es war kein Problem die angegebene Adresse zu finden. In dem Haus war ein Laden für Gartengeräte, Heckenscheren, Laubbläser und solche nützlichen Dinge. An der Tür war ein Schild mit dem Namen des Inhabers: Felix Schönleben. Zondler trat ein und sogleich ertönte ein Gong zum Zeichen, dass Kundschaft gekommen war. Hinter einem Vorhang erschien ein älterer Mann.

»Guten Morgen. Was kann ich für Sie tun?«

Zondler zeigte seinen Ausweis und stellte sich vor.

»Herr Schönleben?«

»Ja, der bin ich. Was will denn um Himmels willen die Polizei von mir?«, Schönleben sah ihn erschrocken an.

»Wahrscheinlich gar nichts, Herr Schönleben. Reine Routine. Es ist wegen dem Herrn Jakob, der tot aufgefunden wurde. Sie haben bestimmt von der Sache gehört?«

»Ja, ja«, murmelte Schönleben.

»Es ist so, dass wir leider die Patientenakten einsehen mussten und nun befragen wir die Patienten des Herrn Jakob.«

»Das ist mir aber gar nicht recht! Dürfen Sie das überhaupt? Da stehen ganz persönliche Dinge drin und es gibt doch diese Schweigepflicht, oder liege ich da falsch?«, fragte Schönleben und schüttelte bedenklich den Kopf.

»Sie haben schon recht, Herr Schönleben. Aber wir haben eine Genehmigung der Staatsanwaltschaft, und glauben Sie mir: wir werden ganz diskret sein. Ihre Daten werden bestmöglich geschützt und von uns sehr vertraulich behandelt. Ich hab auch wirklich nur ein paar kurze Fragen.«

»Dann fragen Sie.«

»In Ihrer Akte steht, dass Sie seit vielen Jahren an Multipler Sklerose leiden und dass die Schübe immer häufiger kommen. Und weil kein Schulmediziner Ihnen wirklich helfen konnte, sind Sie zu Herrn Jakob übergewechselt. Hat es Ihnen was gebracht? Konnte er Ihnen helfen?«

»Ja freilich. Der Mann ist eine Koryphäe! Seit ich bei ihm behandelt werde, sind die Auswirkungen viel geringer, ich kann besser laufen, alles ist schmerzfreier geworden. Also auf den Jakob lass ich nichts kommen! Aber es ist ein Drama! Auch für mich persönlich. Wer soll mich weiterbehandeln? Das ist gar nicht so einfach, glauben Sie mir.«

»Sie hatten also keinerlei Grund, ihm Böses zu wollen?«, fragte Zondler nach.

»Um Himmels willen nein! Ich schlag doch die Hand nicht ab, die mich füttert!«

»Wissen Sie, mit was er Sie gefüttert hat, Herr Schönleben?«

»Hab ich vergessen. Ich merk mir das nicht, es war schon so vielerlei. Irgendwelche Tröpfchen halt. Aber sie haben geholfen.«

»Könnte ich die vielleicht mal sehen, oder haben Sie ein leeres Fläschchen?«

»Muss ich nachschauen. Normalerweise heb ich nix Überflüssiges auf. Und die volle Flasche kriegen Sie auf keinen Fall, schließlich brauche ich das Zeug.«

Schönleben verschwand hinter dem Vorhang, kruschtelte irgendwo geräuschvoll herum und kam nach einiger Zeit wieder.

»Sie haben Glück, das letzte leere Fläschchen hab ich noch rumliegen gehabt.«

Er drückte Zondler ein kleines Fläschchen aus Glas in die Hand, auf dem nur der Name Schönleben und das Datum stand. Keine Bezeichnung, was enthalten war.

»Was wollen Sie eigentlich damit?«, fragte er.

»Das wissen wir selber noch nicht so genau, wir sammeln alle möglichen Fakten, um uns ein Bild von der Arbeit des Opfers zu machen. Und hoffen dabei, auf ein Motiv für seinen Tod zu stoßen. Aber Sie hatten ja nun wirklich keinen Grund«, erklärte Zondler dem Mann.

»Nein, ich kann nur Gutes sagen. Es ist schrecklich, was mit ihm passiert ist. Ich hoffe, Sie finden den Täter.«

Zondler bedankte sich vielmals und verabschiedete sich. Das ging ja wirklich schnell und ohne Probleme. Es war erst halb elf Uhr. Sie hatten somit noch fast den ganzen Tag um etwas zu unternehmen. Gut gelaunt ging er zum Gasthof Kreuz zurück. In einer Spielstraße fuhr ein Motorrad mit lautem Getöse und viel zu schnell an ihm vorbei. Die nehmen es hier wohl nicht so genau mit den Verkehrsregeln dachte er bei sich. Beim Gasthof angekommen, sah er das Motorrad dort parken. Ein junger Mann saß an einem der Gartentische. Naja, eigentlich hing er mehr auf einem Stuhl und die Beine samt Schuhen lagen auf dem Tisch. Er wollte grade etwas dazu sagen, als auch schon Frau Eisele aus der Wirtschaft stürmte.

»Do hört sich do älles auf! Nico, nimmsch du sofort deine Dreckslatscha von meim Tischtuch! I glaub, bei dir hookts!! Des gibt's doch net!«, rief sie laut schon von Weitem.

Provozierend langsam kam besagter Nico der Aufforderung nach. »Reg di net so auf, Frau Eisele, des isch net guat für dein Blutdruck. Schließlich bisch du au nemme die Jüngste.«

»Au no a freche Gosch hann, jetzt langt's aber. Was willsch du überhaupt? Die Mila isch et do.«

»Ehrlich? Schad. Wann kommt se denn wieder?«

»Irgendwann. Du woisch genau, dass sie sowieso nix von dir will. Also lass sie endlich in Ruah!«

»Und des goht di gar nix a, Frau Eisele, des isch mei Privatsach.«

Zondler hatte intensiv zugehört, die Unterhaltung amüsierte ihn und das breite Schwäbisch war wirklich besonders schön.

Nico, ganz in schwarzes Leder gekleidet, erhob sich mühevoll und ging zu seinem Motorrad hinüber. Den Helm ließ er am Lenker hängen, schlang sich nur ein Tuch um die Haare und startete die Maschine mit ohrenbetäubendem Lärm. Mit einem letzten Aufheulen des Motors fuhr er in einem großen Bogen über den Platz und verschwand dann um die Kurve.

»Sie müsset scho entschuldigen, Herr Zondler. Der benimmt sich manchmal unmöglich!«

»Wer war denn dieses Aushängeschild von Männlichkeit und Intelligenz?«

»Nico Spengler heißt er, er isch von hier. Sozusagen unser Dorfrocker oder wie man das nennen will. Gschafft hat der no net viel in seinem Leben. Hängt den ganzen Tag rum und nervt älle mit seinem Motorrad. Aber eigentlich isch er harmlos. Und seit drei Jahren dackelt er hinter der Mila her und merkt net, dass des nie was wird.«

»Aha. Aber jetzt was anderes. Haben Sie die Frau Köhler gesehen, meine Freundin?«

»Die isch vor einer guten halben Stunde raus und ich hab sie in den Buchladen reingehen sehen. Koi Ahnung, ob sie dort immer no isch«, antwortete die Wirtin.

»Danke, Frau Eisele, vielen Dank, da geh ich mal nachschauen«, sagte Zondler und machte sich auf den Weg. Er ging um die Wirtschaft herum zu dem kleinen Platz, an dem sich die etwas versteckte Buchhandlung befand. Viel war nicht los da drin, genau genommen war Jette die einzige Kundin im Laden.

»Das ging aber flott, hast du schon alles erledigt?«, begrüßte sie ihn.

»Ja, ich bin fertig für heut. Am besten, wir verdrücken uns, bevor Aichele und Winter wieder auftauchen und ein neues Gschäft für mich haben. Akten gab es jedenfalls noch genug. Was schwebt dir denn für heute noch so vor?«

Jette musste nicht lange überlegen. Auf ihrer Autotour gestern war sie an einem Berg, oder besser gesagt Hügel, vorbeigekommen, der interessant aussah. Dort hinauf wollte sie. Also packten sie eine kleine Tasche, schrieben Aichele einen Zettel und schnappten sich den Golf. Nach einer halben Stunde Fahrt waren sie bereits am Bussen angekommen und parkten unterhalb des Berges auf einem ausgewiesenen Parkplatz. Sie liefen die Stufen und den folgenden Anstieg hinauf und waren schnell an der Wallfahrtskirche angekommen. Der Blick von hier oben war gigantisch. Ganz Oberschwaben lag zu ihren Füßen, die Aussicht war wirklich eindrucksvoll. Und das Wetter spielte auch mit, die Sonne wärmte und es war windstill.

Auf einer Bank machten sie es sich gemütlich und erzählten sich dies und das. Zondler berichtete von Schönlebens Medizinfläschchen und, dass er darin Cannabis in

Tropfenform vermutete. Dann erzählte er noch von Nico und Frau Eisele und deren wundersamer Begegnung. Jette amüsierte sich köstlich.

»Diesen Traumprinzen will ich auch mal sehen«, kicherte sie.

»Was! Genüge ich dir etwa nicht mehr«, plusterte sich Zondler empört auf und griff im Spaß nach ihr.

»Doch, doch, tu mir nichts«, versicherte sie, »du bist der Allerbeste, zumindest das Beste, was mir passieren konnte.«

Zufrieden drückte er sie an sich und sie schmusten ein Weilchen. Zondler wiegte sich in Wohligkeit. So konnte er sich Polizeiarbeit auch vorstellen. Ein bisschen ermitteln, ein wenig fragen und dann heimkommen und so in den Armen der Freundin liegen. Das konnte so noch ewig weitergehen. Er träumte vor sich hin, bis sein Telefon klingelte.

»Des kann wieder bloß der eine sein«, murmelte der verhinderte Urlauber.

»Ja, Aichele, was gibt's?«

»Hallo. Ist ja nett, dass du mir wenigstens einen Zettel hinterlassen hast, damit ich weiß, wo ihr seid. Aber wann gedenkt ihr denn wieder hier im Hotel zu sein? Ich brauch das Auto nämlich heut Abend.«

»Wia jetzt, hosch du koine Auga im Kopf, der Passat stoht ums Eck num! Ach so, du hasch no gar net mitkriegt, dass i mei Auto gestern gholt hab?«

»Noi, des hab ich net mitkriagt. Ich hab halt um sieben was ausgemacht und da sollt ich den Passat wirklich haben. Aber dann isch ja alles gut, hat sich erledigt. Und wo ist der Schlüssel? Gut, bei der Frau Eisele abgegeben, alles klar Peter. Viel Spaß noch!«

»Danke, Sebastian. Ich hab wirklich ganz vergessen, das zu erzählen. Also so um sechs rum kommen wir wieder zurück, vielleicht sehen wir uns noch.«

Zondler erzählte Jette von dem Logistikproblem und dem Autosuchspiel, nachdem er aufgelegt hatte. Sie fuhren noch ein Stück weiter an den Federsee und tranken dort einen Kaffee. Zondler war erst gar nicht begeistert von dem Ziel. Vor vielen Jahren hatte er dort mit seiner Exfrau Urlaub gemacht und leider keine schönen Erinnerungen daran, die er auch nicht auffrischen wollte. Er erzählte seiner Freundin davon und sie meinte, es sei Zeit, diese bösen Geister zu verjagen. Und genau deshalb gingen sie jetzt gemeinsam auf den Holzsteg hinaus. Zondler war sich sehr unsicher, ob er das schaffen würde, so stark war die Erinnerung an das Unglück, das damals passiert war. Bei dem er seine Frau fast ertrinken ließ. Jette nahm ihn fest bei der Hand und sprach ihm Mut zu.

»Es ist nichts passiert, sie ist von alleine reingefallen, hast du gesagt. Du hast nur kurz gezögert und ihr dann geholfen. Du hast alles richtig gemacht, Peter. Deine Frau lebt und es geht ihr gut. Es ist wirklich an der Zeit, dir selbst zu verzeihen«, sagte Jette und legte ihm dabei den Arm auf die Schulter. Umarmen war jetzt nicht angesagt, das wusste sie genau.

Irgendwie schaffte er die Strecke und tatsächlich fühlte er sich hinterher zwar erschöpft, aber nicht schlecht. Jettes Konfrontationstherapie oder wie er es nannte, ihre Rosskur, schien einen Knoten in ihm gelöst zu haben. Wieder am Parkplatz ließ er sich erleichtert hinters Steuer fallen.

»Danke«, sagte er nur.

Jette schaute ihn nur an. Für was denn, schien ihr Blick zu fragen. Auf dem Weg durch Bad Buchau kamen sie an einem größeren Kleiderladen vorbei.

»Halt! Könnte ich da kurz reingehen, Peter? Ich hab echt fast nichts mehr anzuziehen. Schließlich waren wir auf Wandern eingestellt und nicht auf einen tagelangen Hotelaufenthalt. Ich würd mir gern schnell eine Hose kaufen und zwei Shirts oder Blusen.«

»Kein Problem, da vorn ist ein Parkplatz. Ich geh natürlich mit zur Beratung. Da bin ich unschlagbar, wer weiß, mit was für unmöglichen Sachen du sonst da wieder rauskommst.«

Jette dachte sich ihren Teil, nahm ihn aber gerne mit und es ging wirklich schnell. Sie war noch nie gerne stundenlang Shoppen gegangen wie andere Frauen, und wenn ihr etwas auf den ersten Blick gefiel und zudem passte, dann war sie in Null-Komma-Nix fertig. Pünktlich um halb sieben Uhr waren sie wieder in Hayingen.

»Was dein Aichele wohl vorhat?«, spekulierte Jette.

»Keine Ahnung, wir können ja mal unauffällig in die Gartenwirtschaft hocken, vielleicht kriegen wir was mit«, grinste Zondler.

Dort saßen sie dann auch, als Aichele aus dem Hoteleingang trat, gekämmt und ordentlich angezogen. Ein frischer Duft wehte zu ihnen hinüber, entweder vom Duschbad oder vom Eau de Toilette. Gleich darauf schoss ein Fahrrad um die Ecke, darauf saß Mila. Diesmal mit einem langen wallenden Rock und einem recht knapp sitzenden Top darüber. Die offenen Haare wehten und sie sah aus wie eine Sommerwiese im Wind. Kurz vor Aichele stoppte sie und lehnte ihr Rad an die Wirtshausmauer.

»So, da bin ich. Pünktlich und in bester Kinostimmung. Können wir los?«

Aichele wirkte ziemlich verwirrt und stotterte schüchtern ein paar Worte. Zondler konnte ihn nicht hören, aber es war eindeutig, dass der junge Kollege ganz schön durcheinander war. Da hatte wohl der Blitz eingeschlagen und Aichele war verliebt. Wunderbar! Er und Jette schauten zu, wie die beiden in den Passat einstiegen und wegfuhren. Dann lächelten sie sich an.

»Wollen wir mal hoffen, dass der Abend ein Erfolg wird. Sebastian kann ein bisschen weibliche Gesellschaft gut brauchen, er hängt sonst nur mit seinen Sportkumpels ab«, meinte Zondler.

»Und die Mila scheint eine ganz Nette zu sein. Mir gefällt sie. Die hat Power.«

»Genau das hat mir an dir auch gleich so gut gefallen«, sagte Zondler und legte den Arm um sie. So saßen sie noch, bis es dunkel wurde.

Das Pärchen im Passat hatte Riedlingen nach einer relativ schweigsamen Fahrt erreicht. Im Kino lief eine neue französische Komödie, die sich vielversprechend anhörte. Nicht zu anspruchsvoll aber mit Niveau und der typisch französischen Leichtigkeit, die viele ihrer Filme hatten. So hatte es jedenfalls im Kinoprogramm gestanden, denn Aichele hatte sich selbstverständlich vorher schlaugemacht. Bei einem so wichtigen Termin wie dem heutigen Abend wollte er keinen Reinfall erleben. Der Film war wirklich sehr gut. Sie hatten zwei Plätze in der hintersten Reihe und das Kino war ziemlich leer. Aber wie es meistens ist, kurz vor Filmbeginn kam noch ein Paar und der lange Lulatsch von Mann setzte sich direkt vor Mila. Sie schnaubte unwillig, denn sie konnte fast nicht mehr an dem Mann vorbeisehen. Glücklicherweise konnten sie sich noch umsetzen. Hinterher gingen sie noch etwas trinken und Aichele wurde langsam wieder er selbst. Mila war einfach Mila, unverstellt und echt. Die Heimfahrt wurde dann allerdings etwas anders als gedacht. Mitten im Wald, hinter Zwiefalten, verabschiedete sich die Luft aus dem rechten Hinterreifen und sie mussten in einer kleinen Parkbucht anhalten. Gott sei Dank hatte der altmodische Passat noch ein Reserverad im Kofferraum. Aichele hatte schon ewig keinen Reifen mehr gewechselt und Mila war diesbezüglich noch nie gefordert worden. Sie hielt die Taschenlampe, die im Handschuhfach lag, und er mühte sich mit Wagenheber und den sehr festsitzenden Schrauben ab. Aber es ging und so was verbindet schließlich auch. Wäre er allein gewesen, hätte er die Reifenpanne sicher verflucht, aber so hatte sie direkt etwas Genussvolles. Vor allem, weil Mila das Ganze auch eher witzig fand und kein bisschen rumzickte oder nörgelte. Da hatte er schon anderes erlebt mit etwas kapriziöseren Bekanntschaften.

Nach einer Dreiviertelstunde saß der neue Reifen an Ort und Stelle und der alte hatte den leeren Platz im Kofferraum eingenommen. Aicheles Hände waren schwarz und dreckig und das Hemd auch, aber das war nicht wichtig. Sie hatten einen schönen Abend gehabt, trotz oder gerade wegen dieser Unterbrechung. Er brachte sie noch nach Hause und sie machten aus, bald wieder etwas zu unternehmen. Vielleicht dann eher ohne Auto.

In Hayingen brach der nächste Morgen an. Zartrosa Wölkchen waren am Himmel zu sehen, die Konturen der Häuser und Bäume lagen noch im Halbdunkel. Jette war sehr früh aufgewacht. Anstatt sich darüber zu ärgern, genoss sie die besondere Stimmung. Der Himmel sah wunderschön aus, sie setzte sich mit einer Decke auf den Balkon und sah dem Wechselspiel der Farben zu. Drinnen schnarchte es leise. Sie musste lächeln. Der Peter, manchmal war er ein richtig gemütlicher Bär und auch genauso kuschelig. Sie war glücklich. So sehr, wie noch nie in ihrem Leben. Nur der Tod von Jakob ging ihr nahe und schmälerte ihr Wohlbefinden. Sie hatte ihn sehr gemocht. Seit Tagen überlegte sie immer wieder und wieder, wer einen Grund gehabt haben könnte, ihn zu ermorden. Natürlich kannte sie keinen einzigen seiner Patienten, er hielt sich da vorschriftsmäßig bedeckt. Aber es konnte doch gar nicht anders sein, als dass etwas Persönliches der Auslöser für die schreckliche Tat war. Wen und was hatte er alles behandelt? Wegen eines Furunkels wurde er sicher nicht umgebracht, es musste schon etwas Lebensbedrohliches sein. Krebs zum Beispiel in einem unheilbaren Stadium. Oder es lag eine psychologische Ursache vor. Vielleicht hatte er einer unglücklichen Ehefrau zu sehr angeraten, ihr Leben zu ändern und dem Ehemann hatte das ganz und gar nicht behagt? Jette dachte so lange über verschiedene Möglichkeiten nach, bis das leise Schnarchen hinter ihr im Zimmer verstummte und ein kurzes Grunzen zu hören war. Zondler reckte und streckte sich, sah suchend auf die andere Bettseite und entdeckte Jette schließlich auf dem Balkon. Er schwang die Beine über den Bettrand und stand auf.

»Guten Morgen, mein Schatz, endlich ausgeschlafen?«, spöttelte sie.

Zondler fuhr sich mit den Händen durch die Haare, zog die Schlafanzughose hoch und kam auf den Balkon getapst.

»Guten Morgen. Seit wann sitzt du denn schon hier? Der Decke nach zu urteilen schon eine ganze Weile. Was ist los? Hab ich zu laut geschnarcht?«

»Nein, nein, nur ein gemütliches Bärengrummeln, mach dir keine Gedanken. Ich bin einfach aufgewacht und sah, wie schön der Himmel ist, und das wollte ich mir nicht entgehen lassen.«

»Aha, eine kleine Romantikerin.«

»Manchmal schon. Außerdem hab ich mir intensive Gedanken um deinen Mörder gemacht, hör zu.« Und sie erzählte ihm, was ihr im Kopf herumgegangen war.

Zondler nickte und meinte, daraufhin würden sie sich die Patientenakten auf jeden Fall genau ansehen. Auch wegen der Hanfplantage. Schließlich würde der Stoff bei manchen Krankheitsbildern sehr gut helfen und er nehme an, dass Jakob das Zeug genau deshalb angebaut habe. Wenn man es schon nicht offiziell und halbwegs günstig vom Arzt bekommt, dann halt so. Er schien ihm eher der unkonventionelle Typ zu sein, nach dem, was er bisher gehört hatte. Sie machten sich für das Frühstück fertig, bei dem sie den gut gelaunten Aichele trafen, der ihnen strahlend von der gestrigen Reifenpanne erzählte.

»Was dich so alles freut, Sebastian. Merkwürdig...«, frotzelte Zondler. Insgeheim freute er sich für den Freund und Kollegen, dass mal wieder was am Laufen war. Da lebte der Sebastian immer gleich auf und es war schön, das zum einen mitzuerleben, zum andern dann mit ihm zu arbeiten. So ganz uneigennützig wollte Peter Zondler die Situation dann auch nicht sehen.

»Du verkennst das ganz und gar Peter, stell dir mal den Zeitgewinn an dem Abend vor und dann erst das gemeinsame Schaffen und sich die Hände dreckig machen. Das verbindet enorm!«, setzte Jette noch eins drauf.

Aichele nahm das gutmütig hin, seine Stimmung war bestens und er hatte großen Mitteilungsdrang, wie fast alle frisch Verliebten. Er wollte einfach von Mila erzählen.

Nach einiger Zeit stieß auch noch Winter zu der Gruppe und bestellte sich einen Kaffee. Dabei besprachen sie dann den vor ihnen liegenden Tag.

»Es gibt noch einige Patienten, bei denen man vorbeischauen muss. Könntet ihr nach Gundelfingen fahren? Dort wohnt eine Tumorpatientin von Jakob. Falls sie sich imstande dazu fühlt, wäre es schön, ein paar Antworten von ihr zu bekommen.«

»Okay, gib her. Wir klingeln mal.«

Zondler nahm die dicke Akte, die ihm Winter reichte.

»Du, Sebastian, fährst nach Indelhausen, da sind auch zwei Patienten von ihm. Und ich werde mir den Doktor Seidler noch mal vornehmen. Die Sache mit dem Gewehr gefällt mir nicht. Möchte wissen, was er mit dem toten Tier, das er angeblich erschossen hat, gemacht hat und ob es da irgendwelche Zeugen gibt. Und wenn ich da fertig bin, nehm ich mir den nächsten Patienten auf der Liste vor.«

Das Frühstücksgrüppchen löste sich auf und jeder ging seinen Anweisungen nach. Aichele pfiff im Passat freudig vor sich hin und dankte dem Himmel für diesen Fall, der ihn nach Hayingen geführt hatte. Das Schicksal hat es diesmal gut mit mir gemeint, dachte er. Nur mit dem Jakob halt weniger, aber dafür kann ich ja nichts. Ob da irgendwo wirklich einer sitzt und an Stellschrauben dreht?

Die erste Patientin in Indelhausen war eine allein lebende alte Frau, die unter Herzrhythmusstörungen und infolgedessen unter Angstzuständen litt. Jakob hatte sie bereits seit fünf Jahren in seiner Patientenkartei und wohl auch recht erfolgreich behandelt. Es schien eine eher chronische Sache zu sein, denn ohne seine Mittelchen fiel sie gleich wieder in den alten Zustand zurück. Frau Löffler war sehr betrübt über den Tod von Jakob und lamentierte lange über die Schlechtigkeit der Welt und wie es sein könne, dass man einem so guten Menschen etwas antue, der doch immer nur geholfen habe.

»Ja, das wüssten wir auch gerne Frau Löffler. Also Sie kennen niemanden, der ihm schaden wollte? Hat mal jemand aus Ihrem Bekanntenkreis schlecht über ihn geredet oder war unzufrieden mit einer Behandlung, die nicht anschlug?«

»So viele Leute von hier gehen gar nicht zu ihm. Ich glaub, die meisten waren von weiters her. Nein, ich hab nichts Schlechtes gehört. Zwei Bekannte waren noch in Behandlung wegen einer Allergie und Verdauungsproblemen. Also da kann ich mir beileibe nicht vorstellen, dass die den Jakob umbringen.«

»Kaum anzunehmen, dass beispielsweise eine hochgradige Verstopfung Anlass dazu gibt«, stimmte Aichele mit einem Grinsen zu und verabschiedete sich.

Die nächste Patientin hieß Anita Friesinger und wohnte unten an der Lauter. Richtig schön sah es da aus. Der hübsche Fluss, ein kleiner Anlegesteg und im Garten ein wunderbares Plätzchen zum Sitzen inmitten von blühendem Grünzeug.

»Schön haben sie es hier! Da kann man als Stuttgarter nur neidisch werden«, sagte er, als er zum Sitzen aufgefordert wurde.

»Ja, da möchte ich nicht mit Ihnen tauschen. Und momentan erst recht nicht. Letzten Monat war ich mal in der Residenz – entsetzlich! Diese Baustellen dort und die ganzen Umleitungen, es war furchtbar! Ich war Gott froh, als ich wieder daheim war. So schnell bringt mich nichts mehr in die Stadt.«

»Frau Friesinger, Sie waren schon längere Zeit in Behandlung bei Herrn Jakob?«

»Ja, so ungefähr zwei Jahre. Wissen Sie, ich habe entzündliches Rheuma und immer wieder und immer öfter schmerzhafte Schübe. Die ganzen Pillen und Entzündungshemmer vom Hausarzt haben nichts genützt und auch eine Fachklinik ist nicht weiter gekommen. Da hab ich auf den Rat einer Freundin gehört und mich an diesen Homöopathen gewandt. Und ich habe es nicht bereut. Seither geht es mir erträglich und manchmal sogar gut. Ich kann wieder ‚mei Sach schaffa' wie man hier bei uns so sagt.«

»Das freut mich für Sie. Darf ich wissen, mit was Sie behandelt werden?«

»Mit so Tropfen, ganz genau weiß ich es nicht. Er tut da immer etwas geheimnisvoll. Warten Sie, ich hol sie mal.«

Frau Friesinger brachte nach kurzer Zeit eine kleine Glasflasche mit durchsichtigem Inhalt. Sah genauso aus wie das Fläschchen vom Herrn Schönleben.

»Darf ich mir da eine kleine Probe nehmen?«

Aichele hatte mit Vorbedacht einige Miniarzneiflaschen mit Pipette in der Jackentasche, die er noch schnell in der Hayinger Apotheke für sich und Zondler besorgt hatte. Damit zog er nun zwei, drei Tropfen aus der Originalflasche. Bei Frau Löffler brauchte er das nicht, die hatte offensichtlich gängige Globuli aus der Apotheke bekommen.

»Vielen Dank für Ihre Hilfe, Frau Friesinger. Sie wundern sich bestimmt, zu was wir das brauchen, aber wir müssen einfach nach allen Seiten ermitteln, auch ins Betätigungsfeld vom Herrn Jakob hinein. Und dazu gehören auch die von ihm verordneten Medikamente.«

»Mich interessiert auch, was ich da eigentlich bekommen habe. Wie gesagt, es hilft und ich hätte diese Medizin gerne auch weiterhin. Es wird sich hoffentlich ein neuer Homöopath für mich finden, aber ich muss dann auch wissen, was in dem Fläschchen ist. Bitte seien Sie so gut und informieren Sie mich, wenn das Untersuchungsergebnis da ist.«

»Mach ich, Frau Friesinger, versprochen«, sagte Aichele. Er schraubte den Behälter zu und stand auf, um sich zu verabschieden.

»Kann aber ein Weilchen dauern. Hier, meine Karte, Sie können sich gerne melden, aber erst in einigen Tagen. Vorher weiß ich bestimmt nichts.«

Jette und Peter Zondler waren wie geplant Richtung Gundelfingen gefahren. Weil das Wetter so schön war, wollten sie auch noch ein ganzes Stück laufen. Sie besichtigten die Gegend um die Burgruine, die sich malerisch über dem kleinen Ort erhob. Gegen Mittag erreichten sie nach einer Rundwanderung wieder den Parkplatz. Der Herr Kommissar geriet kurz ins Trudeln, weil er meinte, er hätte den Autoschlüssel unterwegs verloren. Panisch untersuchte er alle Taschen und fand ihn schließlich in einer Innentasche seiner Jacke.

»Das wär's jetzt gewesen. Die ganze Strecke gelaufen und dann vorm verschlossenen Auto stehen. Ich möchte nicht wissen, wie der Aichele gelacht hätte, bis Stuttgart hätte man das gehört!«

Aufatmend entriegelte er das Schloss und machte die Tür weit auf, damit frische Luft ins Wageninnere konnte.

»Sodele, bitte einsteigen. Und jetzt fahren wir mal zu dieser Patientin.«

Jette stieg auf der Beifahrerseite ein.

»Soll ich da überhaupt mit, Peter? Das Ganze ist doch eindeutig eine polizeiliche Ermittlung und ich darf das doch sicher überhaupt nicht«, meinte Jette.

»Das ist wirklich grenzwertig, du hast recht. Aber du schadest doch niemanden und die alten Damen sind vielleicht auch etwas beruhigter, wenn eine Frau vor der Tür steht mit diesen seltsamen Fragen.«

»Also gut, aber nachher gehen wir gleich Kaffee trinken oder eine Kleinigkeit essen, ich hab mordsmäßig Hunger.«

»Machen wir, das dauert sicher keine halbe Stunde. Wenn überhaupt jemand daheim ist.«

Die Adresse in Gundelfingen war schnell gefunden. Das kleine Häuschen wirkte verlassen und etwas ungepflegt, auch der Garten sah aus, als ob da schon lange niemand mehr darin gearbeitet hätte. Sie mussten dreimal klingeln, bis sich etwas im Haus bewegte. Langsame, schlurfende Schritte näherten sich und die Tür wurde geöffnet. Im Rahmen stand eine ältere Frau, die sich offensichtlich nicht gut fühlte. Sie hielt die Türklinke fest umklammert und flüsterte:

»Entschuldigen Sie, wenn es so lange gedauert hat, aber ich bin momentan nicht die Schnellste.«

»Das macht gar nichts, Frau Heinrich. Mein Name ist Zondler, ich bin von der Kripo. Wir untersuchen den Todesfall vom Herrn Jakob. Und das hier ist Frau Köhler, meine Assistentin«, schwindelte Zondler der Einfachheit halber.

»Sie waren doch in Behandlung beim Herrn Jakob?«, fragte der Kriminalkommissar.

»Ja, aber kommen Sie doch bitte rein, ich kann nicht so lange stehen, muss mich wieder hinlegen.«

Frau Heinrich öffnete die Tür vollends, drehte sich um und ging den Flur entlang. Jette und Zondler folgten ihr. Im Wohnzimmer legte sie sich auf ein Sofa, das aussah, als sei es der Hauptaufenthaltsort von Frau Heinrich. Eine Wolldecke, mehrere Kissen, und auf dem Tisch Zeitschriften und eine Karaffe mit Wasser.

»Leben Sie ganz alleine hier, Frau Heinrich?«, fragte Jette.

»Leider. Mein Mann ist schon lang gestorben und Kinder haben wir keine. Naja, es wird nicht mehr lange dauern, dann bin ich auch tot und wieder bei meinem Wilhelm.«

Zondler murmelte etwas von »das wird hoffentlich noch eine Weile dauern« in seinen nicht vorhandenen Bart und Frau Heinrich meinte, es sei schon so, wie sie sage und auch gar nicht schlimm. Eigentlich sei sie froh, wenn es so weit sei.

»Wissen Sie, ich bin schwer krebskrank und wie

man so schön sagt austherapiert. Ich wurde die letzten Monate vom Herrn Jakob nur palliativ behandelt. Er gab mir Schmerzmittel und Globuli, damit ich besser durch den Tag und die Krankheit komme. Es war ein wahrer Segen. Gott sei Dank hab ich noch Vorräte, ich hoffe, die reichen, bis es so weit ist.«

»Und sonst sieht niemand nach Ihnen?«

»Doch, doch, die Diakonie kommt und auch mal Besuch. Es geht schon.«

»Darf ich mal sehen, was Sie von Jakob verschrieben bekommen haben?«, fragte Zondler.

»Natürlich, dort drüben auf der Kommode steht alles«.

Zondler fand diverse Globuli-Schächtelchen und auch das ihm bereits bekannte Fläschchen mit Tropfen. Frau Heinrich erlaubte ihm, eine Probe davon abzuzweigen. Er füllte die Tropfen in eine der kleinen Flaschen, die er von Aichele bekommen hatte.

»Wir wären dann schon fertig, Frau Heinrich. Können wir noch irgendwas für Sie tun, brauchen Sie etwas? Wenn wir doch grad da sind, könnten wir ja vielleicht was erledigen.«

»Nein, danke, ich hab alles, was ich brauche. Aber es ist sehr nett von Ihnen zu fragen. Ich hoffe, Sie finden den Mörder von Herrn Jakob. Um ihn ist es wirklich schade, das kann nur ein sehr böser Mensch gewesen sein, der ihm was angetan hat.«

Frau Heinrichs Stimme war zunehmend leiser geworden und sie schloss die Augen.

»Finden Sie alleine raus? Ich bin so müde, ich muss glaub eine Weile schlafen.«

»Selbstverständlich, machen Sie sich keine Gedanken. Alles Gute für Sie.«

Jette und Zondler verließen leise das Haus und drückten die Tür hinter sich zu.

»Ganz schön bedrückend, oder?«

»Einerseits. Und andererseits auch nicht. Ich finde es beeindruckend mit welcher Ruhe sie sich in ihr Schicksal fügt. So möchte ich das auch mal annehmen können, wenn es mich treffen sollte«, antwortete Jette nachdenklich.

In diese Gedanken versunken machten sie sich auf die Suche nach einem Café. Es fiel den beiden nicht leicht, nach dieser Begegnung mit dem nahenden Tod wieder in ihren erfreulichen Alltag zurückzukehren. Erst als jeder einen Cappuccino mit Milchschaum und ein großes Stück Torte vor sich stehen hatte, konnten sie sich wieder ihrem Fall zuwenden.

Tierarzt Doktor Seidler saß in seiner Praxis und machte die Buchhaltung und die wöchentlichen Abrechnungen. Das gehörte nicht gerade zu seinen Lieblingsbeschäftigungen und schon gar nicht, wenn er sah, dass der Umsatz schon wieder rückläufig war. Er dachte nicht im Traum daran, dass es teilweise an ihm selbst und seinem ruppigen Tonfall liegen könnte. Nein, niemals! Schuld war einzig und allein dieser verfluchte Homöopath! Wenn der nicht nach Hayingen gezogen wäre, dann müsste er nicht halb am Hungertuch nagen. Aber damit war es nun vorbei. Es würden wieder bessere Zeiten anbrechen, davon war er überzeugt. Denn wohin sollten die Älbler sonst gehen mit ihren kranken Tieren?

Draußen klingelte es. Aha, schon geht's los, dachte er und ging zur Eingangstür, um den Kunden einzulassen. Allerdings war es dann nur dieser eine Polizist, dieser Winter.

»Guten Tag, Herr Doktor Seidler. Ich hoffe, ich komme nicht wieder ungelegen?«, versuchte es Winter mit einem freundlichen Ton.

Seidler grummelte was vor sich hin, öffnete allerdings die Tür so weit, dass Winter eintreten konnte. Der Tierarzt ging zurück in sein Büro und Winter folgte ohne Worte. Dort angekommen deutete Seidler auf einen Stuhl, auf dem ein Berg Akten lag, die Winter nach einigem Überlegen packte und auf den halbwegs freien Tisch an der Wand legte.

»Herr Doktor Seidler, ich muss noch mal auf Ihr Gewehr zurückkommen. Sie haben uns erzählt, dass Sie einem Reh damit den Gnadenschuss gegeben haben, daher die frischen Schmauchspuren im Lauf. Was haben Sie denn mit dem Reh gemacht?«

»Ja, was macht man wohl mit einem Reh? Ich bin für Aufessen, alles andere wäre Verschwendung. Das arme Tier war tot und so hat es doch wenigstens noch einen letzten Nutzen.«

»Und – alles schon weg und verdaut? Oder haben Sie einen Teil vielleicht verschenkt und es gibt jemanden, der das bezeugen kann?«

»Sie wollen es aber wirklich genau wissen, was? Mir scheint, ich bin sehr verdächtig. Also noch einmal ganz langsam: Ich hab das Reh gleich im Wald aufgebrochen und das Tier dann in meinem Auto mitgenommen. Weil ich nun nicht grade der geborene Metzger bin, habe ich es zum Gasthof Kreuz gebracht und mit dem Wirt dort verhandelt, dass er es verarbeiten kann, ich aber dafür guten Rehbraten in der Wirtschaft kriege – umsonst natürlich.«

»Aha. Und der Herr Eisele, von dem reden Sie ja sicher, war einverstanden?«

»Sicher, das war doch ein gutes Geschäft für ihn.«

»Sie wissen aber schon, dass dieses gute Geschäft nicht ganz sauber ist? Das Tier hätten Sie dem Förster melden müssen und der die Geschichte dem Jagdpächter?«

»Ja, ja, prinzipiell schon, aber so ganz eng sehen wir das nicht immer. Außerdem mag der Förster auch gern Rehbraten.«

»Na, dann ist alles klar.« Winter stand auf und verließ den geschäftstüchtigen Tierarzt, der keinerlei Veranlassung sah, den Kommissar zur Tür zu begleiten.

Draußen vor dem Haus schüttelte Winter den Kopf und wunderte sich wieder einmal über die Menschen und wie weit deren Rechtsverständnis sich dehnen ließ, wenn es einem grade zupasskam. Dann ging er zurück zum Gasthof Kreuz. Dort machte er sich schnurstracks auf den Weg in die Küche, um dort Herrn Eisele zu fragen, ob er kürzlich vom Doktor Seidler zufällig ein Reh zur Verarbeitung bekommen habe. Eisele bestätigte dies und auch er wirkte nicht übermäßig schuldbewusst. Man musste es halt nehmen, wie es kommt.

Jette und Zondler waren auch schon eine Weile zurück. Sie sagte, sie brauche heute kein Mittagessen, denn das Frühstück wäre mehr als ausgiebig gewesen. Außerdem lag ihr das große Stück Torte vom Café in Gundelfingen noch ziemlich schwer im Magen. Am liebsten würde sie ein paar faule Stunden einlegen und im Garten oder auf dem Zimmer lesen. Zondler hatte überlegt, dass er dem Lauterdörfle einen Besuch abstatten könnte. Er hoffte, dort ein paar Auskünfte über Jakob zu bekommen. Die meisten Leute waren Dauermieter oder Besitzer der kleinen Blockhäuser. Und wenn einer da seit, sagen wir mal, fünfzehn Jahren zu Hause war, dann kannte er sicher auch einige in dem überschaubaren Städtchen. Der Mensch hat ab und an ein Zipperlein oder der Hund hat eine entzündete Stelle und die Katze Katzenschnupfen. Es konnte also gut sein, dass der Homöopath von diesen Leuten konsultiert wurde.

Zondler hatte zudem gehört, dass es im Lauterdörfle auch eine öffentliche Wirtschaft gab und diese strebte er nun an. Wie es der Zufall wollte, saß Fritz Merkle drinnen vor einem großen Bier und wartete offensichtlich auf sein Mittagessen.

»Grüß Gott, Herr Merkle. So, au do?«, begrüßte ihn Zondler freundlich und fragte, ob er sich zu ihm setzen dürfe.

»Ah, der Herr Kommissar! Freilich, Platz isch gnuag, hocket se no na.«

Herr Merkle war nun ungewohnt freundlich, aber wahrscheinlich war er wieder nur neugierig und wollte Zondler ausfragen. Was dieser ebenfalls mit dem alten Mann vorhatte.

Erst redeten sie eine Weile übers Wetter, dann über die Landarbeit, gefolgt von den unnützen Stadtmenschen und der Schlechtigkeit der Welt im Allgemeinen. Dieses Thema schien unerschöpflich für Merkle, denn er fand wieder in seine normale Bruddeligkeit zurück.

Inzwischen war Merkles Essen auf den Tisch gekommen, Kässpätzle mit Salat. Sah nicht schlecht aus, aber Zondler entschied sich dann doch lieber für den Tafelspitz, der lag später nicht ganz so schwer im Magen.

Solange Merkle aß, konnte er nicht so viel reden. Kommissar Peter Zondler nutzte die Gelegenheit, um ein wenig hier und dort anzustupfen. Er erzählte, dass sie alle möglichen Befragungen abhielten, leider aber noch nicht auf eine richtig gute Spur gestoßen seien. Die Bürger seien wichtig, von ihnen und von ehemaligen Patienten erhoffe er sich Hinweise. Und grade er, dabei deutete er mit dem Finger auf Merkle, sei sein wichtigster Mann. Schließlich wohne er nebenan und habe bestimmt vieles mitbekommen. Unabsichtlich natürlich, aber es lasse sich ja nicht vermeiden, wenn man so dicht aufeinander wohne.

Fritz Merkle kam sich auf einmal recht bedeutend vor und er wuchs etwas in die Höhe auf seiner Bank. Geschmeichelt nickte er ab und zu mit vollem Mund, sagte: »Jo, do hend Sia recht«, ließ sich aber vorerst nicht von seinen Kässpätzle ablenken.

Schließlich war der Teller blitzblank leer gegessen und der letzte Bissen wurde mit einem großen Schluck Bier hinuntergespült. Auch Zondler war inzwischen, zusammen mit Salzkartoffeln, Meerrettichsoße und einem Salat, der Tafelspitz serviert worden. Es schmeckte lecker und er aß mit gutem Appetit. Merkle schaute ihm dabei zu und trank ab und zu einen Schluck von seinem Bier. Erst als Zondler fertig war, nahm die Unterhaltung wieder Fahrt auf.

»Also, komisch war der scho, der Quacksalber. Letztes Jahr, i woiß gar nemme wann genau, da war mol so a Kurs bei ihm. A Handvoll Weiber, die sind älle mit so

Gymnastikrolla agreist, wahrscheinlich hend se turnt. G'sea han ich nix, aber die Musik! Des war irgend so ebbes Orientalisches, mit viel Gong ond so. Ond dann hend se gsunga. Irgendwas mit Om und Schande.«

»Naja, das ist noch nichts Verwerfliches, die haben wahrscheinlich Yoga gemacht oder so was«, meinte der Kommissar.

»Mir kam des arg seltsam vor, au weil es dann ewig ganz ruhig war. Wer woiß, was dia g'macht hen, was denket Sie?«

Merkle schaute den Kommissar fragend an. Zondler schüttelte nur zweifelnd den Kopf. Er dachte sich, dass in Merkles Kopf interessante Fantasien herrschten, er stellte sich bestimmt irgendetwas in Richtung Orgie vor.

»Am nächsta Tag hab ich den Jakob gfrogt, was denn des für a Veranstaltung war und das mi des mit der Schande doch a bissle oruhig gmacht het. No lacht mi der doch aus! Der hat gar nemme aufgört mit Lacha, direkt overschämt sowas! I soll nächstes Mol oifach rieberkomma und mitmache, i sei herzlich eiglade! Stellet Sie sich des vor!«

Merkle steigerte sich immer mehr rein, er schien immer noch beleidigt zu sein deshalb. Niemals wäre er da hingegangen, Sodom und Gomorrha! Da wolle er nichts damit zu tun haben.

Zondler amüsierte sich prächtig, natürlich nur innerlich, um den Alten nicht noch mehr zu verstören. Viel mehr war aber nicht aus ihm herauszubringen. Offensichtlich hatte er den geheimnisvollen Orgien nie beigewohnt. Zondler nahm sich vor, in Jakobs Kalender nach diesen Terminen zu suchen. Da waren sicherlich einige Beteiligte aufzuspüren, die ihm qualitativ bessere Berichte zu Om und Schande liefern konnten. Er beendete seine Mahlzeit und bestellte sich noch einen Kaffee. Merkle trank lieber noch ein Bier.

»Sind Sie mit dem Auto da?«, fragte Zondler, da es schon das dritte Weizen war.

»Noi, warum? Mit em Traktor wie immer«, gab Merkle ungerührt zurück. Für ihn war es der absolute Normalzustand mit einigem Alkohol im Blut noch unterwegs zu sein. So ein Traktor war ja auch ein sicheres Gefährt. Für einen selbst. Zondler ließ das Thema auf sich beruhen, er vermutete zu Recht, dass Merkle auf dem Ohr taub war. Schweigend tranken sie aus, der eine seinen Kaffee, der andere sein Weizenbier.

»Gerda, komm rum, i will zahla«, komplimentierte Merkle die Wirtin lautstark her. Die machte nicht den Eindruck, als wenn sie das sonderlich unfreundlich fände. Der alte Mann war wohl Stammgast und das war sein normaler Umgangston. Zondler stellte sich im Geiste vor, er säße in Stuttgart beim noblen Szenewirt und würde so nach dem überaus betulichen Kellner rufen. Eine eisige Miene wäre ihm sicher. Er stand auf und verabschiedete sich. Auch Merkle kam etwas mühsam in die Höhe, machte dann aber einen Abstecher zur Toilette, was nach drei Weizenbier verständlich war.

Zondler nützte die Gelegenheit und fragte Gerda, die Wirtin, ob sie Jakob gekannt hätte, und ob er hier in der Feriensiedlung wohl Bekannte oder Patienten habe. Die Wirtin dachte angestrengt nach.

»Ja, sicher hab ich den gekannt. Er kam ab und zu mal her, wenn er mit dem Hund laufen war. Ein sehr netter Mann, und so gut aussehend. Ich hab auch immer seine Flyer als Werbung in der Wirtschaft ausgelegt. Doch, ich glaube, der hat hier einige Patienten gehabt. Viele der Leute kommen ja mit ihrem Hund und brauchen medizinische Beratung. Und der Doktor Seiler, der ist halt so eine Sache. Nicht jedermanns Geschmack. Ein unfreundlicher Kerl und immer gleich für's Einschläfern wenn so ein armes Tierle krank ist. Der Jakob dagegen hat immer alles probiert, wie ich gehört habe, und ist recht erfolgreich gewesen«, erzählte die Wirtin.

Momentan sei aber fast keiner von den Hausbesitzern da, die meisten kämen erst wieder zu den nächsten Ferien. Nur ein Rentnerehepaar aus Bayern sei vor einer Woche eingetroffen, das seien Dauergäste, und zwar ziemlich laute. Die Wirtin verzog missbilligend das Gesicht. Zondler bedankte sich und ging nach draußen. Merkle zog sich grade ächzend an seinem Traktor hoch und ließ sich hörbar in den Sitz plumpsen.

»Soll i Sie mitnemma, Herr Kommissar?«, fragte der alte Bauer.

Zondler winkte dankend ab. Er dachte dabei an die drei Bier im wohlbeleibten Fritz Merkle. Das war ihm irgendwie etwas zu unsicher, mit dem auf große Fahrt zu gehen. Und außerdem war es nicht weit bis nach Hayingen hinein. Die Bewegung würde ihm bestimmt guttun. Plötzlich hörten sie sehr laute Stimmen aus einem der nahegelegenen Ferienhäuschen. Eine hohe Frauenstimme, die sehr giftig klang, und darauf noch lauter die Antwort eines Mannes:

»Hoid du dei Mei du oide Zwiderwurzn! Wennst net stad bist, fallt glei da Watschnbaum um!«

Merkle fand das ausgesprochen lustig und schien es sogar zu verstehen.

»Henn Sia des kapiert, Herr Kommissar? Des sind die

streitluschtigen Bayern, die sind jedes Johr do und immer gibt's a Gschroi. Aber scheins moinet dia des et so.«

Er dreht den Zündschlüssel vom Traktor, eine dunkle Rußwolke kam aus dem Auspuff und Merkle machte samt dem Gefährt einen Hopser nach vorn. Dann verschwand er mit seinem Gefährt den Weg hinab.

Am Abend trafen sie sich wieder alle in der Gartenwirtschaft. Jette und Zondler, Aichele und Winter. Und wie es der Zufall wollte, es gab Rehbraten mit Spätzle und Salat zum Abendessen. Winter lachte laut auf und dann erzählte er den anderen, was es mit Wild hier in der Gegend so auf sich hatte. Sie ließen sich das Essen schmecken und fanden die Geschichte recht amüsant.

»Na, dann hat der Seidler wohl ein Alibi für sein Gewehr, aber ganz sicher kann man nicht sein. Der kann auch erst unser Opfer und dann das Reh erschossen haben. Wär nicht mal so dumm, wenn er es so gemacht hätte«, sagte Zondler mit halb vollem Mund.

»Stimmt, ausschließen kann man das nicht«, meinte auch Aichele.

Der Abend zog sich nicht allzu lange hin. Winter wollte heim und Aichele wartete auf Mila. Am Nachmittag hatten sie sich schon kurz im Lokal gesehen und ausgemacht, abends eine Runde ums Dorf zu laufen. Das taten sie dann auch, wurden aber unangenehm gestört durch ein Motorrad, das ihnen geräuschvoll folgte.

»So, hast dir jetzt einen aus der Stadt geangelt Mila? Einen mit Pensionsansprüchen und so. Ich dachte, du hast einen besseren Geschmack, als ausgerechnet so einen Beamtenarsch.«

Nico Spengler hatte eindeutig keinen guten Tag und war auf Krawall gebürstet.

»Hau bloß ab Nico, wenn du Ärger machen willst, red ich überhaupt nicht mehr mit dir! Und außerdem geht es dich einen feuchten Dreck an, mit wem ich unterwegs bin!«

»Klar geht mich das was an, schließlich hab ich die älteren Rechte. Und der da kann ganz schnell wieder verschwinden, sonst …«

Aichele war bisher ruhig geblieben, um die Stimmung nicht anzuheizen. Aber so langsam reichte es ihm. Dieser Rotzlöffel benahm sich unerträglich.

»Sonst?«, fragte er nach, »was ist sonst? Wollen Sie mir eine reinhauen oder der Mila oder was? Ich schlage vor, Sie verschwinden hier jetzt ganz schnell und belästigen uns nicht. Ich kann nämlich auch ungemütlich werden, bei der Polizei lernt man das.«

»Ha, der Bulle droht mir! Ich glaub ich spinn! Und mit sowas gibsch du dich ab Mila?«

»Mach endlich, dass du fort kommsch Nico. Merkst du net dass du's wieder mal total übertreibscht?«

Nico Spengler jagte den Motor seiner Maschine noch einmal so richtig hoch, umrundete das Pärchen zweimal provozierend und fuhr dann davon. Dabei hielt er den Mittelfinger der rechten Hand steil nach oben.

»Netter Freundeskreis hier. Stimmt das, mit den älteren Rechten?«, fragte Aichele.

»Quatsch, der bildet sich das seit drei Jahren ein, ich habe keine Ahnung weshalb. Nico hängt den ganzen Tag bloß rum und hat nichts zu tun. Außerdem funktioniert sein Hirn wahrscheinlich nicht mehr, zu viel Substanzen, du verstehst?«

»Aber sicher. Und wo hat er das Zeug her?«

»Keine Ahnung. Es wird halt dies und das geredet, vielleicht dichten ihm die Leute hier auch mehr an als tatsächlich ist. Einmal böser Bube, immer böser Bube.«

Aichele war hellhörig geworden und fragte nicht ganz ohne Hintergedanken. Es könnte ja schließlich sein, dass der junge Mann Kunde von Jakob gewesen war. Wahrscheinlich ohne dessen Wissen. Denn dass der Homöopath dem Spengler Marihuana verkauft hatte, konnte Aichele nicht glauben. Aber Nico konnte zufällig oder über die Gespräche im Dorf auf die geheime Plantage aufmerksam geworden sein. Und vielleicht hatte er sich dort ja ab und zu bedient? Und als der Jakob ihn dabei erwischt hat, kam es zum Streit und …

»Hallo! Jemand zu Hause?«

Mila fuchtelte vor seinem Gesicht herum. Und das schon eine ganze Weile. Aichele war so versunken in sein Gedankenspiel, das er alles um sich herum vergessen hatte, sogar Mila. Er lächelte und entschuldigte sich.

»Weißt du, die Arbeit ist halt immer irgendwie präsent, wenn einem da was einfällt, dann kreist das im Kopf. Nicht böse sein, ja? Das hat nicht mit mangelndem Interesse an dir zu tun.«

»Dann glaub ich das mal. Bis jetzt bist du mein erster ›Bulle‹. Ich bin noch dabei, Erfahrungen mit dieser Spezies zu sammeln«, witzelte Mila.

Sie setzten ihren Spaziergang fort und hatten tatsächlich Ruhe. Nico Spengler war für heute verschwunden. Mila war froh, dass Aichele nicht noch einmal nachfragte, woher Nico seinen Stoff bezog. Leider wusste sie etwas zu viel darüber und war auch nicht ganz unbeteiligt daran. Sie bereute, dass ihr das mit den zu vielen Substanzen bei Nico herausgerutscht war. Vielleicht hatte sie den netten Sebastian da auf eine Idee gebracht?

Im Gasthof Kreuz waren die Tische der Gartenwirtschaft bis in den späten Abend alle belegt. Das Wetter war überraschend warm und so saßen die Leute länger. Zwar mit Strickjacke, aber es war einer der ersten lauen Frühsommerabende und alle genossen das. Frau Eisele war richtiggehend im Stress, sie musste rennen, um alle Gäste zufriedenzustellen und bereute inzwischen fast, dass sie in einem Anfall von Sentimentalität Mila freigegeben hatte. Dieser junge Polizist hatte wohl eine enorme Anziehungskraft. Mila hatte ausgesehen, als sei sie bis über beide Ohren verliebt. Wie hätte sie ihr den Wunsch abschlagen können? Tief in ihrem Innersten war Frau Eisele eine Romantikerin und glaubte an die Liebe auf den ersten Blick und solche Dinge. Also machte sie die überraschend viele Arbeit heute alleine und gönnte Mila den Abendspaziergang.

Zondler und Jette saßen ebenfalls noch da. Ab und an schnappten sie ein paar Brocken der Gespräche von den anderen Tischen auf. Auch der Mord war natürlich ein Thema, aber leider war das Gehörte nicht sehr ergiebig. Zondler erzählte Jette von seinem Besuch im Lauterdörfle. Dabei zog er sein Notizblöckle aus der Tasche und fragte Jette, ob sie wisse, was erstens eine Zwiderwurz und zweitens ein Watschenbaum sei. Er hatte sich die Wörter notiert, weil sie ihm so gefallen hatten. Jette grinste wie ein Honigkuchenpferd.

»Da hast du Glück, denn du bist an eine Expertin geraten, was bayerischen Dialekt betrifft. Meine Eltern kamen aus Niederbayern und ich bin sozusagen mit dem Watschenbaum aufgewachsen. Eine Watsche ist eine Ohrfeige und die wachsen so lange unbehelligt auf besagtem Baum, bis man den Besitzer ärgert. Und zwar so, dass eine Watsche runterfällt und einen trifft. Kapiert? Mein Vater hat mir das öfters angedroht, aber umgefallen ist er nie, der Watschenbaum. Und eine Zwiderwurz – naja, das ist halt eine Giftspritze, die ständig rumnörgelt.«

Gegen zehn Uhr wurde es dann doch merklich kühler. Die meisten Gäste beglichen ihre Rechnung und gingen nach Hause. Auch Jette und Zondler waren dabei aufzubrechen. Jette sah gerade noch, wie Zondler wieder einen Bierdeckel in seine Tasche gleiten ließ.

»Jetzt will ich es aber wissen: Was ist das für eine Geschichte mit dir und den Bierdeckeln? Das hab ich jetzt schon ein paarmal beobachtet, wie du dir die Dinger schnappst und einsteckst. Wozu?«

Zondler kriegte doch tatsächlich rote Ohren.

»Also ... das ist so eine Angewohnheit. Von früher, weißt du. Und ich mach das ohne groß nachzudenken immer noch. Wehe du lachst mich aus, wenn ich es dir erzähle!«

»Nein, bestimmt nicht, sag schon!«

»Also ich hab jahrelang Bierdeckel gesammelt, ich hab sicher Tausende daheim.«

Zondler hatte sehr leise gesprochen, damit das sonst ja keiner mitkriegte. Es war ihm doch irgendwie peinlich so eine merkwürdige Sammelleidenschaft zu haben.

Jette sagte nichts. Sie schaute ihn nur an. Ziemlich lange. Dann öffneten sich ihre Lippen und sie fing an zu grinsen, dann zu prusten und dann lachte sie schallend.

»Du hast versprochen, mich nicht auszulachen!«, sagte Zondler hilflos und leicht säuerlich zugleich.

»Ja, stimmt, tut mir leid. Aber ich kann grad nicht anders, sonst zerreißt es mich«, japste seine Freundin.

»Es ist aber auch wirklich zu komisch, der ehrenwerte Herr Kommissar und so ein spießiges Hobby! Warum hast du mich noch nicht in deine Wohnung gelockt mit dem Versprechen, mir deine Bierdeckelsammlung zu zeigen? So geht doch der alte Witz – nur mit Briefmarken, das ist kein großer Unterschied. Ich könnt mich wegschmeißen!«

Jette wischte sich die Lachtränen aus den Augenwinkeln und gluckste noch immer. Allerdings wurde ihr langsam bewusst, dass Zondler tatsächlich beleidigt wirkte.

»Ach, Peter, verzeih, ich mein das nicht böse. Aber gib's zu, irgendwie ist das schon komisch.«

Und schon wieder schüttelte es sie vor Lachen.

»Wenn du meinst. Aber lass dir sagen, du hast keine Ahnung. Es gibt eine richtige Sammlerbörse für Bierdeckel und Kataloge und manche sind richtig wertvoll. Ich bin nicht der Einzige mit diesem Hobby. Nur weil du davon noch nichts gehört hast, muss es ja nicht dermaßen lächerlich sein. Amüsier dich nur schön weiter, ich geh jetzt ins Bett.«

Tatsächlich zog er eingeschnappt von dannen und ließ sie sitzen. Jette verging das Lachen. Was war das denn? Konnte es sein, dass ein erwachsener Mann wegen so etwas dermaßen beleidigt reagierte? Es war auf jeden Fall passiert und jetzt war es an ihr, sich zu entschuldigen und

Peter wieder zu besänftigen. Es war ihr erster Streit und sie wusste nicht recht, wie sie es anpacken sollte. Auch Zondler fühlte sich nicht wohl, vielleicht hatte er überempfindlich reagiert? Aber sich so auslachen zu lassen, das hatte ihn schon mächtig geärgert.

Als Jette das Hotelzimmer betrat, lag Peter mit verschränkten Händen hinter dem Kopf auf dem Bett und war schweigsam. Jette legte sich zu ihm und sagte ihm leise ins Ohr, dass sie ihn sehr liebe – auch mit Tausenden von Bierdeckeln. Und bald war alles wieder gut.

Udo Winter war zu Hause in Wasserstetten in seinem Einfamilienhäuschen. Die Kinder schliefen bereits seit drei Stunden. Gott sei Dank! Es war nicht einfach als alleinerziehender Vater. Er hatte meistens das Gefühl, zu wenig Zeit und zu wenig Liebe für seine Mädchen zu haben. Seit seine Frau vor einem guten Jahr gestorben war, mussten sie alleine zurechtkommen. Naja, nicht ganz alleine, eine Frau aus der Nachbarschaft kam tagsüber und kümmerte sich um den Haushalt, kochte und war da, wenn Constanze und Melanie aus der Schule kamen. Ohne ihre Hilfe ginge gar nichts, denn er war berufsbedingt viel unterwegs. Auch wurde es abends manchmal später und er konnte keine festen Zeiten garantieren. Glücklicherweise war Frau Schmidt sehr flexibel, denn auch sie lebte alleine. Sobald Winter nach Hause kam, zog sie sich zurück. Er verbrachte dann den Abend mit den Kindern, hörte sich ihre Tageserlebnisse an und versuchte so gut es ging, ihnen die Mutter zu ersetzen. Dabei fühlte er sich oft so sehr alleine, dass es wehtat. Heute war so ein Tag. Er saß fast im Dunkeln und hielt sein Bierglas in der Hand. Früher, ja früher da saßen sie gemeinsam auf dem Sofa und die Abende klangen schön aus. Vielleicht war er so melancholisch, weil er nur verliebte Pärchen um sich hatte? Der Kollege Zondler und die nette Frau Köhler. Und der Aichele fing jetzt auch noch an und flirtete ungeniert mit der Bedienung. Überall Turteltäubchen. Kein Wunder, dass ihm das auf's Gemüt schlug. Winter seufzte und nahm noch einmal einen tiefen Schluck Weizenbier. Dann stand er auf, machte das Licht aus und ging ins Bad. Wieder ein Tag vorbei. Ein Tag ohne seine Gabi.

Am nächsten Morgen stand Mila in einem der Gewächshäuser der Gärtnerei und schnitt Blumen für das Ladengeschäft. Sie machte sich immer noch Gedanken um das illegale Marihuana, um Nico und somit auch um Clemens Jakob. Alles war miteinander verknüpft. Irgendwie war sie aus lauter Gutmütigkeit, Hilfsbereitschaft und vielleicht auch Naivität hineingeschlittert. Vor einem guten Jahr war Jakob auf sie zugekommen und fragte sie vorsichtig über Hanfpflanzen aus. Wo man die her bekäme, wie man sie anbaut, was die Setzlinge so alles brauchen, damit sie gedeihen. Als Erklärung erzählte er ihr, dass er sich aus medizinischen Gründen damit beschäftige. Der Wirkstoff sei als stark schmerzlindernd bei vielen chronischen Erkrankungen anerkannt und er möchte einen Artikel darüber in einer homöopathischen Zeitschrift verfassen. Sie kenne sich doch mit allem Grünzeug bestens aus, wie er wisse.

Mila fühlte sich geschmeichelt. Sie kannte den Homöopathen natürlich aus dem Ort und aus der Wirtschaft und fand ihn nett. Außerdem sah er interessant aus und redete mit ihr, als ob er sie ernst nehme. Also sagte sie ihm, dass sie sehr gerne mit ihm einen Versuch starten würde. Sie könnten doch eine kleine Kultur anlegen und er könne darüber schreiben. Das Saatgut zu besorgen war für sie kein Problem. Das gefiel Jakob sehr und so war die Sache abgemacht. In einer unzugänglichen Ecke seiner Scheune legten sie eine Minihanfplantage an. Gut verborgen vor den Augen des neugierigen Nachbarn Merkle, der, wie jedermann wusste, überall rumschnüffelte.

Die Pflänzchen wuchsen und gediehen und der Ertrag war nicht schlecht. Auch die Qualität des Stoffs stimmte, denn Jakob ließ ihn von einer ihr unbekannten Freundin daraufhin untersuchen. Leider war Nico irgendwann aufgetaucht, als sie gerade in der Scheune war, und hatte eine eifersüchtige Szene gemacht. In alles musste der seine Nase reinstecken. Natürlich erkannte er die Pflanzen sofort und um ihn zu besänftigen, gab sie ihm ein wenig Marihuana mit der Bitte, das nicht rumzuposaunen. Das bereute sie inzwischen sehr. Vielleicht hatte er versucht noch mehr davon zu bekommen und Jakob hatte ihn dabei erwischt? Wer wusste, zu was Nico fähig war…

Als Mila mit den Blumen im Arm den Laden betrat, sah sie, dass ihre Chefin mit einer Kundin im Gespräch war, die eindeutig nicht aus Hayingen war. Hier kannte sie einfach jeden und Laufkundschaft war mehr als selten. Es ging um die Beerdigung von Jakob. Die ältere Frau war wohl eine entfernte Verwandte des Homöopathen und musste sich um dessen Bestattung kümmern. Die Leiche war seit heute freigegeben und so konnte die Bestattung im Friedwald bald stattfinden. Mila wusste, dass er sich nicht normal bestatten lassen wollte. Was heißt schon normal, jeder hat da andere Vorstellungen. Sie hatten sich da einmal drüber unterhalten beim Hanfpflanzen pflegen. Jakob wollte jedenfalls in einen Friedwald und bei Münsingen war der nächstgelegene. Da er keine Verwandten hier in der Nähe hatte, war das sicher auch die beste Entscheidung. Blumen brauchte es dazu auch nicht viele und so war das Gespräch bald erledigt. Sobald die Urne zurückkam, sollte eine kleine Trauerfeier stattfinden, im engsten Kreis wenn möglich. Das würde allerdings schwierig werden, denn Jakobs gewaltsamer Tod würde sicher auch etliche Schaulustige mobilisieren.

Mila beschloss, die Chefin zu fragen, ob sie das Blumenkränzchen für die Urne flechten dürfe. Ihr ging das Schicksal des Mannes doch sehr nahe. Hoffentlich hatte das nichts mit der kleinen illegalen Pflanzung zu tun. Ob sie diesbezüglich doch etwas zu Sebastian sagen sollte? Vorerst nicht, beschloss sie nach kurzem Nachdenken. Vielleicht war ja alles ganz anders.

Was Mila nicht wusste, war, dass der Homöopath die Pflanzung inzwischen erheblich vergrößert hatte. Alles hatte sehr klein angefangen und war anfänglich wirklich nur als Versuch gedacht gewesen. Aber als es dann so wunderbar klappte mit dem Anbau, konnte er der Versuchung nicht widerstehen.

Zu Mila sagte er, das Experiment sei beendet, sie habe ihm sehr geholfen und der Artikel in der Fachzeitschrift würde sicher positiv aufgenommen. Er zeigte ihr auch das Geschriebene einmal auf seinem PC.

Dann machte er sich daran, die Pflanzung auszuweiten und vor allem das Marihuana aufzubereiten in Tropfenform, sodass er es an seine Patienten weitergeben konnte. Jakob tat dies wirklich nur aus reiner Nächstenliebe für seine chronisch Kranken. Die wussten nicht einmal, was ihnen plötzlich so gut half. Am Anfang überdosierte er das Mittel ein paarmal und das führte zu etwas extremeren Reaktionen bei einigen Patienten. Aber kein Einziger führte den kurzfristigen Höhenflug auf Haschisch zurück.

Die Tür zur Scheune blieb nun jedenfalls immer sehr gut verschlossen und auch den kleinen Zugang im hinteren Bereich versteckte er unauffällig. Immerhin bewegte er sich auf ungesetzlichem Terrain. Die junge Gärtnerin wollte er auf jeden Fall künftig aus seinen illegalen Tätigkeiten heraushalten. Zu ihrem Schutz, aber auch zu seinem. Je weniger Leute wussten, was in der Scheune vor sich ging, umso besser.

Im Gasthof Kreuz waren Zondler und Jette eben erst fertig mit frühstücken. Die Bierdeckelgeschichte vom letzten Abend ruhte und sie waren wieder bester Laune. Holzinger rief aus der Pathologie an und sagte, dass die Leiche zur Bestattung freigegeben war. Zondler reichte diese Information weiter. Seine Sekretärin in Esslingen, Frau Wiesner, würde sich bereits um die Angehörigen kümmern. Schließlich hatte er immer noch Urlaub und musste sich nicht um alles scheren. Und Aichele war momentan der Chef.

Der Himmel war heute ziemlich bewölkt, aber nach Regen sah es nicht aus. Sie studierten die Landkarte und beschlossen, eine Tour auf dem ehemaligen Truppenübungsgelände bei Münsingen zu machen. Das Gebiet war sehr weitläufig. Leider durfte man die ausgewiesenen Wege nicht verlassen, denn anscheinend bestand immer noch Gefahr, auf alte Munition zu treten und mit ihr hochzufliegen. Sowas war natürlich nicht wünschenswert.

Zondler sagte Aichele kurz Bescheid, wo er ihn im Notfall erreichen könne und dann fuhren sie los. Gut, dass sie den Golf jetzt zur Verfügung hatten. Am Ortseingang war eine Tankstelle, die Zondler ansteuerte, denn der Tank war so gut wie leer und er brauchte Nachschub. Als er zum Zahlen reinging, traf er auf eine allmorgendliche Idylle. Der Chef war momentan draußen mit irgendwelchen Reparaturarbeiten beschäftigt. Aber ein einzelner Mann saß mit einem Kaffee auf dem einzigen Stuhl in der engen Bude und verspeiste mit Genuss eine Tafel Schokolade. Als Zondler das letzte Mal hier gewesen war, war es genauso. Das war wohlgemerkt vor ungefähr zwei Jahren gewesen.

»Guten Morgen. Na, Schokolade scheint Ihre große Leidenschaft zu sein?«, begrüßte er den älteren Herrn.

»Guta Morga. Jo, des schmeckt mir halt, es isch die reinschte Sucht. Ond dick werd i au net davo, wie Sia sehet«, antwortete der Mann mit einem Grinsen im Gesicht.

»Sie Gückspilz, so hätt ich's auch gern. Wohnen Sie in Hayingen?«

»Ja, scho immer. Und wer Sie sind, woiß i au, der Mann von der Kripo, wege dem Homöopath.«

»Genau. Kannten Sie ihn?«

»Sicher, hier kennt ma ja jeden.«

»Und wie war er so?«

»Goht so, Patient war i net bei ihm. Aber ganz so heilig, wie d'Leit jetzt saget, war er au net. Der war manchmal ganz schee von oba runta. Richtig arrogant. Und griaßt hot er au nia, wenn ma ihm mol begegnet isch. Wahrscheinlich isch ihm der Ruhm zu Kopf gstiega. Er war ja mordsgfrogt bei de Auswärtige.«

Inzwischen war der Tankstellenchef wieder hereingekommen und Zondler zahlte. Auch er sagte, dass Jakob zwar ein höflicher und guter Kunde bei ihm gewesen sei, aber so richtig reden hätte man nicht mit ihm können. Er habe offensichtlich kein größeres Interesse an den Hayingern gehabt, sei kurz angebunden und schnell wieder weg gewesen. So was komme bei den Menschen hier nicht so an, die wollen schwätzen und wissen, mit wem sie es zu tun haben.

Zondler bedankte sich für die Auskünfte, ging und stieg wieder in den Golf. Jette beschwerte sich leicht amüsiert, dass er ja ewig gebraucht habe für das bisschen Benzin. Sie hätte sich schon überlegt, ob sie sich dem fröhlichen Kaffeetrinken dort drin anschließen solle, aber das wäre wohl zu eng geworden in dem kleinen Kabuff. Während der Fahrt erzählte ihr Zondler von dem Gespräch mit den beiden Herren. Es sei immer sehr wichtig, den Leuten zuzuhören und aufs Maul zu schauen, dabei kämen manchmal erstaunliche Dinge ans Tageslicht. Den Schokoladenliebhaber würde er sicher nochmals sprechen, da sei vielleicht noch mehr rauszuholen.

In Münsingen besuchten sie zuerst das Informationszentrum Biosphärengebiet und erfuhren wirklich Interessantes über das ehemalige Dorf Gruorn, dass wegen des Truppenübungsgeländes total evakuiert wurde. Das war im Jahr 1939 passiert und über sechshundert Menschen mussten ihre Heimat verlassen und sich ein neues Zuhause suchen. Jette stellt sich das ganz furchtbar vor. Da lebte eine Familie schon sehr lange in einer Dorfgemeinschaft und dann musste man alles verlassen und woanders neu anfangen. All die langen gewachsenen Kontakte, die Heimat. Das war sicher sehr schwer gewesen für die meisten. Und dann noch die Vorstellung, dass ihre Häuser als Kulisse für die Panzerschießübungen und den Häuserkampf genutzt wurden. Alles wurde nach und nach zerstört im Laufe der Jahre.

Nach der Ausstellung fuhren sie zu einem der Zugänge zum Truppenübungsgelände und stellten ihr Auto ab. Über eine Schranke betraten sie den Übungsplatz und überquerten erst einmal eine breite geteerte Panzerstraße. Heutzutage wurde diese auch noch für Testfahrten von Lastwagen benutzt. Dahinter führte ein nicht ganz so breiter Weg nach Gruorn. Die Landschaft war leicht hügelig, bewachsen mit etwas Gebüsch, ab und an ein paar Bäume. Kaninchen sprangen umher und in der Ferne sahen sie eine Schafherde.

»Warum dürfen die auf die Wiese, fliegen die nicht in die Luft?«, fragte Jette.

»Schätze, der Schäfer kennt sich hier bestens aus und wahrscheinlich ist es eine reine Vorsichtsmaßnahme von der Bundeswehr. Wenn wirklich was passieren würde, wäre das Geschrei sicher riesig«, meinte Zondler.

Nach recht kurzer Zeit erreichten sie Gruorn. Viel war nicht mehr übrig. Nur noch die alte Kirche und das Schulhaus standen noch. Im Schulhaus war inzwischen ein kleines Museum angesiedelt und eine Wirtschaft. Dort war es richtig gemütlich. Ein Holzofen verbreitete angenehme Wärme an diesem doch recht kühlen Tag. Es gab eine deftige Erbsensuppe und selbst gebackenen Kuchen. Zusätzlich auch noch ein paar Informationen vom Wirt über das alte Schulhaus. Er erzählte auch, dass sich jedes Jahr Nachkommen der ursprünglichen Bewohner von Gruorn hier zu einem großen Fest trafen. Jette und Zondler hörten sehr interessiert zu. Dann machten sie sich auf den Rückweg.

Aichele war am frühen Morgen nach Esslingen gefahren, schließlich musste er sich dort auch mal wieder sehen lassen. Er erledigte dringende Unterschriften, sah die neu hinzugekommenen Fälle durch und delegierte sie nach Möglichkeit weiter. Dann sprach er noch mit dem obersten Chef, damit dieser sich nicht wieder beklagte, dass er nicht informiert werde. Begeistert war er sowieso nicht, dass sich seine zwei besten Ermittler, wie er sagte, »schöne Tage auf der Alb machten«. Aichele machte ihm dann jedoch klar, dass von Urlaub keine Rede sein könne und dass der Kollege Zondler sehr großzügig seine Zeit zur Verfügung stelle. Aufseufzend verließ er das Chefbüro. Dass man immer so viel erklären musste. Von Frau Wiesner erfuhr er, dass die Leiche von Jakob schon unterwegs ins Krematorium sei. Sie habe eine entfernte Verwandte von ihm aufgetrieben, die sich um die Beisetzung kümmere.

Zufrieden mit sich fuhr Aichele am frühen Nachmittag wieder zurück nach Hayingen. Kurz hatte er noch in seiner Wohnung vorbeigeschaut, Briefkasten geleert, alte Wäsche aus- und neue eingepackt. Aber dann zog es ihn mächtig zurück auf die Alb. Ob es nun genau die Alb war oder Mila, jedenfalls zog es ihn.

In Hayingen lag Fritz Merkle immer noch auf der Lauer und beobachtete Jakobs Grundstück. Diesmal mit Erfolg. Da näherte sich doch dieser Nichtsnutz von Nico Spengler. Merkle kannte ihn gut. Schon als Kind hatte der nichts als Ärger gemacht, klaute ihm immer wieder die ohnehin schon raren Kirschen. Einmal hatte er über Nacht das Regenrohr an seinem Haus umgeleitet, sodass er am nächsten Morgen eine Riesenüberschwemmung im Erdgeschoss hatte. Wutentbrannt war er damals zu Spenglers Eltern gerannt, aber er konnte nicht beweisen, dass es Nico gewesen war. Der stand frech grinsend daneben.

Was wollte der heute in Jakobs Scheune? Auf jeden Fall nichts Gscheites, das war für Merkle klar. So lautlos war der Nico sonst nie unterwegs, zu Fuß und ohne die lärmende Maschine unterm Hintern, auf der er sonst wie festgeklebt saß.

Merkle schob den Haselboschen etwas auf die Seite und schlüpfte in Jakobs Garten. Vorsichtig näherte er sich der angelehnten Scheunentür und spähte durch den Spalt hinein. Ganz hinten sah er den Schatten Nicos, der soeben Gerümpel vor einer etwas versteckten Tür wegräumte und diese dann nach innen drückte. Merkle sah grünliches Schummerlicht und wurde immer neugieriger. Was war das wohl? Auf jeden Fall hatte der Nichtsnutz hier nichts zu schaffen. Jetzt hab ich dich endlich, Spengler, dachte er. Jetzt bist du dran. Versuchter Einbruch oder so, gut, dass ich die Herren von der Kripo schon kenne. Er betrat die Scheune, ging zu der hinteren Tür und rief dann laut:

»Was machsch du hier, Nico Spengler, hier wird nix geklaut, mach, dass du rauskommsch!«

Merkle konnte gar nicht schnell genug von der Holztür wegtreten, als er sie schon mit voller Wucht gegen die Stirn kriegte. Der junge Mann raste an ihm vorbei und gab ihm noch einen heftigen Stoß. Der alte Mann konnte sich grade noch so am Türrahmen festklammern. Seine Stirn pochte schmerzhaft und er bemerkte, dass auch Blut floss. Nicht viel, aber es versetzte ihm einen ordentlichen Schock. Der Kerl war ja gemeingefährlich! Jetzt war's genug, er würde ihn anzeigen! Aber zuerst warf er noch einen neugierigen Blick in den grün schimmernden Raum. Pflanzen, überall Pflanzen und so eine seltsame Beleuchtung... Was war das wohl für ein Zeug? Merkle hatte keine Ahnung.

Er schlurfte in sein Haus zurück, suchte nach einem schon etwas angegilbtem Pflaster und babbte es auf die Stirn. Dann machte er sich auf den Weg zum Gasthof Kreuz. Da war ja wohl das Hauptquartier der Polizei, seit hier im Flecken so viel los war. Winter saß tatsächlich in der Wirtsstube. Merkle stürmte auf ihn zu.

»Herr Kommissar, Sie müsset den Nico Spengler verhafte! Den hab i grad beim Einbruch in die Scheune vom Jakob erwischt und dabei hot er mir die Tür aufs Hirn gschlaga. Gucket Se her, des blutet und i hab a Riesaoi auf meiner Stirn. Und umgrannt hot er mi au fascht.«

Fritz Merkle beugte sich sehr nahe zu Winter hinunter, wobei der riechen konnte, dass der alte Mann wohl kürzlich eine Fischbüchse gevespert hatte, genauer gesagt deren Inhalt. Entsprechend roch er nun, und zwar sehr unangenehm. Winter hielt die Luft an, so gut es ging.

Merkle war eindeutig sehr aufgeregt und redete sich in Rage. Winter hörte alles sehr interessiert an und versicherte ihm, dass er sein Möglichstes tun werde. Sobald er den alten Mann etwas beruhigt hatte und dieser auf dem Heimweg war, stattete Winter der Familie Spengler einen Besuch ab. Der Sohn des Hauses war natürlich nicht daheim und seine leidgeprüfte Mutter wusste auch nicht, wann er wiederkommen würde. Es sei nicht so einfach mit ihm, seufzte sie.

Winter konnte es sich vorstellen. Er war wieder einmal froh, Töchter zu haben. Die machten zwar sicher auch Probleme irgendwann, aber wohl anderer Art. Noch war die Welt diesbezüglich in Ordnung bei ihm, die Pubertät nur ansatzweise ein Thema. Der Kommissar zog unverrichteter Dinge wieder ab bei Spenglers. Er würde ihn schon irgendwann erwischen, den Nico, und so gravierend war der Vorfall nicht gewesen, dass man ihn gleich zur Fahndung ausschreiben müsste. Aber natürlich musste untersucht werden, was der Junge in der Scheune gesucht hatte.

Jette hatte den Tag ganz anders genützt. Am späten Nachmittag war sie noch einmal in der kleinen Buchhandlung hinter dem Hotel gewesen. Dort hatte sie ein sehr nettes und informatives Gespräch mit dem Buchhändler geführt. Er jammerte etwas über den geringen Umsatz in so einem kleinen Nest – aber was konnte man anderes erwarten? Eigentlich würde er gerne nach Friedrichshafen umziehen, dort wohne seine Freundin und vielleicht könnte er auch einen Job in der großen Buchhandlung am See bekommen. Aber das sei alles nicht so einfach. Bei Jette klingelten alle Glocken.

»Gehört die Immobilie und der Laden hier Ihnen, wenn ich fragen darf? Oder sind Sie angestellt?«

»Gehört alles mir, sonst könnte ich das Geschäft überhaupt nicht halten. Und hergeben möchte ich es auch nicht, ich häng dran, Erbe und so, verstehen Sie?«

»Ja, versteh ich gut. Und wenn Sie jemanden für hier einstellen und Sie gehen an den Bodensee?«

»Wie viele Kunden haben Sie gesehen, seit sie hier drin sind? Eben. Wer will schon hier am Ende der Welt ein tristes Buchhändlerdasein fristen?«

»Ich, zum Beispiel«

»Sie? Ist das Ihr Ernst?«

»Vielleicht. Ich ziehe es jedenfalls in Erwägung. Mir gefällt es hier und Stuttgart habe ich mehr als satt. In bin zwar zufrieden mit meinem Arbeitsplatz dort, aber insgesamt möchte ich einfach raus aus der Stadt. Vielleicht gibt es für uns beide eine akzeptable Lösung?«

»Kann es sein, dass Sie der Himmel geschickt hat? Unglaublich. Sie sind hier im Urlaub, oder?«

Jette berichtete ihm, was sie hierher geführt hatte. Natürlich wusste auch Herr Kauffmann über den Mordfall Bescheid. Er hatte Jakob ganz gut gekannt, da er Kunde bei ihm war und des Öfteren etwas bestellt hatte.

»Sehen Sie, wieder einer weniger. Es ist nicht einfach hier.«

»Ich schlage vor, wir denken beide darüber nach. Drei Tage sind wir bestimmt noch hier, ich komme demnächst wieder vorbei.«

Sie gaben sich die Hand, beide drückten fest zu und es fühlte sich schon fast an wie eine Vereinbarung.

Vor der Ladentüre musste Jette sich beherrschen, um keinen Freudenhüpfer zu machen! Unglaublich – das ließ sich ja wunderbar an! Oder war sie doch zu voreilig? Es wurde Zeit, das Thema mit Peter zu besprechen. Sie hatte keine Ahnung, wie er auf ihre spontane Idee reagieren würde. Es war doch ganz schön lange zu fahren von Stuttgart bis hierher. Vielleicht konnte sie ihn damit locken, dass es hier ganz sicher noch viele unentdeckte Bierdeckel gab bei den vielen kleinen Privatbrauereien auf der Alb und in Oberschwaben. Sie grinste breit beim Gedanken an sein Gesicht, wenn sie ihm das vorschlug. Ne, lieber nicht, er war zu empfindlich, was sein merkwürdiges Hobby betraf.

In der Nacht schlug das Wetter um. Ein strenger Wind kam auf der Regen mitbrachte. Die Hayinger verkrochen sich noch früher als sonst fröstelnd unter ihren Bettdecken und um zehn Uhr war kein Mensch mehr im Dorf unterwegs. Auch Zondler stand nur noch mal kurz auf, um ein Fenster zuzumachen und die kalte Zugluft auszuschließen.

Am Ortsende war Fritz Merkle dabei, alles sturmfest zu machen. Drüben beim toten Nachbar klapperte laut ein Laden an der Scheune. Das war nicht auszuhalten, so konnte er unmöglich schlafen. Also nahm der Alte noch einmal seine Mütze vom Haken und setzte sie auf gegen den Regen. Die Taschenlampe in der Hand ging er hinüber zur Scheune. Dort befestigte er den losen Fensterladen wieder an dem dafür vorgesehenen Haken. Er war schon auf dem Rückweg, als er einen Lichtschein in Jakobs Haus wahrnahm. Nanu? Um diese Zeit? Das war doch sicher nicht die Polizei. Schon wieder ein Einbrecher oder Nico? Eigentlich sollte er sofort die Polizei anrufen nach dem letzten Erlebnis. Aber Merkle war kein ängstlicher Typ und zudem überaus neugierig. Außerdem fühlte er sich sofort berufen, für Ordnung zu sorgen und notfalls einzuschreiten – sozusagen aus Bürgerpflicht. Auch wenn er den Jakob überhaupt nicht leiden konnte. Vorsichtig schob er seinen Kopf nach oben übers Fensterbrett und linste ins Haus. Da hinten im Arbeitszimmer stand eine Gestalt und kruschtelte in einem Schrank. Der Statur nach ein Mann. Jetzt zog er ein dickeres Papier heraus, betrachtete es und stopfte es anschließend unter seine Jacke. Was das wohl war? Das Gesicht des Mannes lag immer noch im Dunkeln, er konnte ihn nicht erkennen. Das schwache Licht der Taschenlampe dort drinnen ging aus und die Gestalt näherte sich rasch der Tür. Merkle war nicht behände genug, sich zu verstecken und weglaufen ging schon gar nicht. Mit achtundsiebzig ist man schließlich kein junger Sprinter mehr. Deshalb beging Fritz Merkle nun den größten Fehler seines Lebens, welcher ihn dasselbe kosten sollte! Er sprach die Gestalt an.

»He, Sie! Was machet Sie hier in der Nacht im Jakob seim Haus?«

Der dunkel gekleidete Mann zuckte zusammen und reagiert dann blitzschnell. Neben der kleinen Treppe lehnte eine Schaufel, die packte er und zog sie Merkle schwungvoll über den Schädel. Der knickte ein und fiel zu Boden. Der Unbekannte schmiss die Schaufel weg und verschwand so schnell es ging in der Dunkelheit. Zurück blieb der reglose Körper von Fritz Merkle.

Am nächsten Morgen hatte der Himmel sich geklärt, das schlechte Wetter war weitergezogen. Hier und da blitzte schon ein Sonnenstrahl zwischen den restlichen Wolken durch.

Aichele, Jette und Zondler frühstückten ausgiebig und auch Winter bekam noch etwas ab, als er etwas später dazukam. Am Tresen schellte das Telefon. Frau Eisele nahm ohne Eile den Hörer ab.

»Guta Morga, Nico, ja des isch a Überraschung. Isch was passiert? Do hörsch di so komisch an. O Gott! Noi! Des gibt's doch net! Moment, i hol die Polizei, dia hocket älle no do.«

Sie winkte hektisch zu den Beamten, die bereits gespannt lauschten. Winter eilte zu ihr und nahm den Hörer.

»Hallo, hier Kommissar Winter. Was gibt's, Herr Spengler?«

Er hörte zu und sagte dann:

»Wir kommen sofort. Bleiben Sie, wo Sie sind.«

Aichele und Zondler standen bereits an der Tür, bereit zum Aufbruch, nur Jette war sitzen geblieben.

»Was ist los?«, fragte Zondler.

»Der Spengler hat grade die Leiche von Fritz Merkle vor Jakobs Hintereingang gefunden«, gab Winter aufgeregt zur Antwort.

Frau Eisele entgleisten immer noch die Gesichtszüge und sie stand mit offenem Mund da, unfähig etwas zu sagen, was beileibe nicht oft vorkam.

Zondler dachte gerade noch daran, sich von Jette zu verabschieden und schon waren sie weg. Frau Eisele erwachte wieder zum Leben und lamentierte vor sich hin, wie schlimm alles sei. Nebenbei räumte sie den Tisch ab.

Dass Jette noch gar nicht fertig war, fiel ihr gar nicht auf in ihrem Kummer. Jette ließ es geschehen, auch sie war in Gedanken. Warum hatte jemand den alten Mann umgebracht? Zugegeben, der war nervig, aber das allein konnte es nicht gewesen sein.

Die Beamten hatten diesmal sogar den Passat genommen, um schneller zu sein. Nun gingen sie um Jakobs Haus herum in den Hinterhof. Nico Spengler saß wie ein Haufen Elend an der Ecke auf einem Stein und war käsebleich. Er deutete nur mit der Hand auf die Eingangstür.

Auf dem Boden lag völlig durchnässt von der regnerischen Nacht Fritz Merkle auf dem Bauch, alle viere von sich gestreckt. Neben ihm befanden sich seine Mütze und eine Taschenlampe. Eine Blutspur lief unter seinem Kopf hervor, vermischt mit Regenwasser.

»Sieht nicht gut aus, der Mann«, meinte Aichele, »haben Sie ihn bewegt, Spengler, oder sonst irgendwas angefasst?«

Nico versuchte, nicht zur Leiche zu schauen. Er sah wirklich sehr mitgenommen aus, seine Hände, nein, der ganze Körper zitterte und er war mehr als blass.

»Nein, gar nix hab ich gemacht. Oder doch – ich hab ihn einmal kurz zur Seite gedreht, um zu sehen, ob er noch atmet, ab da war nichts mehr. Ich kam um die Ecke hier und da lag er. Hab mich fast zu Tode erschrocken. Dann hab ich gleich im Kreuz angerufen, ich weiß ja, dass Sie dort wohnen.«

»Okay. Dann schauen wir mal.«

Aichele fühlte sicherheitshalber nach Merkles Puls, der, wie vermutet, nicht mehr existierte. Er schaute zu Zondler, der nickte. Also das große Programm. Aichele rief die Spusi und den Gerichtsmediziner an. Bis die da waren, nahmen sie sich den heute sehr zahmen jungen Mann noch einmal zur Brust. Der sagte offensichtlich die Wahrheit, hatte mit Merkle diesmal nichts zu tun und wollte nur mal eben in den Schuppen mit den grünen Pflanzen. Weshalb, das musste er ihnen nicht erklären.

Dann kam die Spurensicherung und mit ihnen sogar Herr Holzinger persönlich. Der Gerichtsmediziner meinte zu Zondler gewandt:

»Also Herr Zondler, jetzt muss ich doch mal nach dem Rechten sehen. Kaum sind Sie im Urlaub, dann hagelt es Leichen. Das ist schon die Zweite in kürzester Zeit. Haben Sie Angst, dass Ihne 's Gschäft ausgeht bis Sie wieder dahoim sind?«

»Noi, Herr Holzinger, reiner Zufall das Ganze. Aber es bringt natürlich eine gewisse Würze ins Urlaubsgeschehen, man will sich ja net langweilen, gell?«

»Meine Herren, das ist nicht lustig. Denken Sie an das Opfer. Wir wenden uns jetzt mal ernsthaft der Arbeit zu«, mahnte Winter ungewohnt scharf.

Die beiden Stuttgarter verdrehten etwas die Augen, aber prinzipiell hatte er natürlich recht, der Winter. Nachdem der Fotograf fertig war, untersuchte Holzinger den Toten. Fritz Merkle hatte einige Kopfwunden, die eindeutig von der Schaufel stammten, die auf dem Boden lag und ebenfalls Blutflecken aufwies. Die Spurensicherung war schon dabei, nach Fingerabdrücken zu suchen. Auch das Haus wurde noch einmal durchsucht, aber nichts Auffälliges gefunden. Die Tür war abgeschlossen, keine Einbruchhinweise.

»Bin fertig, ihr könnt ihn haben«, sagte Holzinger.

»Ich denke, die Todesursache sind die Schläge auf den Kopf. Todeszeitpunkt circa um dreiundzwanzig Uhr plus minus eine Stunde. Es war ja recht kalt gestern Abend. Das wär's vorläufig. Heut Nachmittag liegt er bei mir auf den Tisch und dann kann ich Endgültiges dazu sagen. Braucht Ihr mich noch?«

»Momentan nicht, Herr Holzinger, das war schnelle Arbeit, vielen Dank. Kommen Sie gut heim.« Aichele bewunderte den Pathologen seit jeher und fand seine Arbeit faszinierend. Aber nie und nimmer hätte er mit ihm tauschen wollen. Das war ihm dann doch zu handwerklich.

Der angeforderte Leichenwagen kam und nahm Fritz Merkle mit. Die Herren der Kripo standen schweigend dabei. Dann gingen sie zu Merkles Hof hinüber und schauten nach, ob es dort etwas Ungewöhnliches gäbe. Alles war normal. Sie waren sich einig, dass Merkle gestern Nacht wohl etwas gehört hatte, und rausging, um nachzusehen. Das wurde ihm dann zum Verhängnis.

»Tja, jetzt wird's langsam ungemütlich. Die Presse wird uns ganz schön im Nacken sitzen. Seither konnten wir sie ja noch ruhig halten, aber wenn es jetzt einen zweiten Mord gibt. Ich hör sie schon: *Der Schattenmörder von der Alb* oder *Wer will die Hayinger ausrotten* – sowas in der Art. Wir müssen zusehen, dass wir Ergebnisse kriegen, unser Oberster wird sich auch bald melden.«

Kaum ausgesprochen klingelte Zondlers Handy und genau der war am Telefon. Zondler entfernte sich ein paar Schritte, man sah ihn nicken und gestikulieren.

»Wie ich's gesagt habe, wir sollen Dampf machen. Und mit meinem Urlaub ist es auch vorbei. Aichele – ab sofort bin ich wieder der Chef und du kochst den Kaffee.«

Zondler legte ein hämisches Grinsen auf.

»Immer ich. Kann das nicht auch mal der Winter machen …«, spielte Aichele mit.

Winter verstand gar nichts mehr, kannte er doch den schrägen Humor der beiden noch nicht. Er blickte von einem zum andern und wieder zurück. Zondler schmunzelte und Winter wurde klar, dass die beiden hier eine eingespielte Show abzogen.

»Wie wär's wenn ich euch entlaste und das Kaffeekochen bei Gelegenheit übernehme? Bin ja sozusagen der Moses unter euch und muss mich erst hocharbeiten.«

Winter wollte den scharfen Ton von vorher wohl wieder etwas ausbügeln und gab sich betont kameradschaftlich. Das selbstlose Angebot wurde sehr begrüßt und sie klopften ihm anerkennend auf die Schulter. Sie gingen zurück zum Gasthof. Jette saß mit dem Reutlinger General-Anzeiger gemütlich auf der Eckbank und las einen Artikel über eine neue Krimiautorin, die hier über die Region schrieb. Das wär auch noch was, dachte sie. Aber wer hat schon das Glück, bei einem Verlag unterzukommen bei der Fülle von Neuerscheinungen jedes Jahr. Ob die alle nötig waren, das war eine andere Geschichte. Sie sah das aus Buchhändlersicht, recht pragmatisch. Bei aller Liebe zum Buch war es für die meistens doch nur eine Ware, und auch dieser Markt wurde immer schnelllebiger und war überfüllt. Trotzdem, ein schöner Gedanke. Jette hörte die Männer zurückkommen und schlug die Zeitung zu. Das hier war real und äußerst spannend.

Zondler erzählte ihr, was vorgefallen war. Auch, dass es jetzt aus und vorbei sei mit ihrem Urlaub. Er sei wieder im Dienst, zumindest tagsüber. Sie könne sich überlegen, ob sie nach Hause wolle oder noch hier in Hayingen bleiben.

»Ich bleib erst mal da, wenn's recht ist, mein Urlaub ist nicht gecancelt und ich gedenke ihn weiterhin zu genießen. Außerdem hab ich bei Gelegenheit mal was Längeres mit dir zu besprechen.«

»Das hört sich ja fast bedrohlich an, hoffentlich was Angenehmes?«

»Eigentlich schon. Ich hab da so eine Idee. Aber wie gesagt, das müssen wir in Ruhe bereden. Wenn du mal Feierabend hast.«

»Heut Abend sehen wir uns auf jeden Fall. Tut mir wirklich leid Jette, aber so ist das eben mit einem Polizisten.«

Somit war alles gesagt und die Männer zogen sich zurück. Frau Eisele stellte ihnen einen kleinen Nebenraum als Einsatzzentrale zur Verfügung. Das war bequemer, als ständig nach Esslingen oder Reutlingen zu fahren. Mit PC ließ sich von dort genauso gut arbeiten und Verstärkung brauchten sie momentan auch nicht. Sie bestellten sich fürs Mittagessen eine kalte Platte und viel Kaffee und dann machten sie sich ans Nachdenken.

Jette schlug ihre Zeitung wieder auf und las weiter. Nachher wollte sie noch laufen gehen oder nach Zwiefalten, sie wusste es noch nicht. Aber langweilen würde sie sich jedenfalls nicht. Das Mittagessen ließ sie wieder einmal ausfallen und kurz vor zwei Uhr machte sie sich auf den Weg, ohne richtigen Plan, ohne Ziel einfach mal so der Nase nach. Nur ihre topografische Wanderkarte nahm sie mit zur Orientierung. Und den Fotoapparat. Sie richtete ihr Augenmerk meistens auf Kleinigkeiten – ein schönes Stück Holz, ein Rosenspalier, eine Katze – solche Dinge fotografierte sie gerne. Unterwegs begegnete ihr Mila, sie war auf dem Weg zum Friedhof, um im Auftrag ihrer Gärtnerei ein paar Gräber neu zu bepflanzen. Jette schloss sich ihr an und sie quatschten über dies und das. Auch auf Herrn Jakob kamen sie zu sprechen und Mila erzählte ihr zögerlich von dessen Cannabisprojekt und wie sie anfänglich darin involviert war. Sie mache sich ziemliche Vorwürfe, weil Nico nur durch sie von der Plantage gewusst habe und es sei ja offensichtlich nichts Gutes daraus entstanden. Jette hatte ihr bereits von Fritz Merkle erzählt und auch Mila rätselte, wer dem alten Mann wohl auf den Schädel gehauen hatte.

»Mach dir nicht so viele Gedanken, aber erzähle es bitte trotzdem dem Sebastian. Er kann dich sicher beruhigen.«

»Kennst du ihn schon länger, den Sebastian?«, wollte Mila nun wissen. Das war ein Gesprächsthema, dass sie sehr interessierte. Jette ging darauf ein, wusste sie doch, wie gerne frisch Verliebte über ihre Augensterne reden. Sie erzählte, wie sie Peter kennengelernt hatte, und dass er sie nach einiger Zeit eben auch Aichele vorgestellt habe. Ab und an gingen sie gemeinsam was trinken. Er sei ein ganz Netter, habe auch ihres Wissens keine Freundin und ja, doch, sie glaube schon, dass er es ernst mit Mila meine. Jedenfalls sei er ziemlich verpeilt, seit sie aufgetaucht sei. Lachend beschrieb sie, wie lustig und schön Aichele den Reifenwechsel bei Nacht gefunden habe.

»Also, um so was schön zu finden, muss man schon ziemlich verliebt sein, oder?«

»Hmm … ich fand's auch irgendwie sehr romantisch«, lächelte Mila. Dann musste sie sich aber an die Arbeit machen. Fünf Gräber sollten frisch bepflanzt werden und natürlich musste vorher das alte Grün entsorgt werden. Das Material hatte der Kollege bereits am frühen Morgen bereitgestellt, sie musste nur noch die Gartenhandschuhe überziehen und loslegen. Eine angenehme Arbeit, Mila hatte immer gerne im Freien gearbeitet und auf dem Friedhof war es ganz besonders schön. Sie liebte die vielen Blumen, kannte teilweise die Menschen noch, die hier begraben waren, und dachte an deren Leben. Und wenn sie nichts von ihnen wusste, dann gab sie ihnen eine Biografie, dachte sich selber ein Leben für sie aus. So verging die Zeit wie im Flug, sie hatte gar nicht das Gefühl zu arbeiten, sondern ging eher einem Hobby nach.

Jette war inzwischen weitergeschlendert. Erst durch den Friedhof, dann ein wenig über die Felder und nun war sie auf dem Rückweg zum Hotel. Sie hatte Kaffeedurst und anschließend wollte sie zu Herrn Kauffmann in den Buchladen. Vielleicht hatte er sich schon Gedanken gemacht. Den ganzen Spaziergang über grübelte sie über die Verwirklichung ihres spontanen Gedankens.

Sie müsste natürlich umziehen, aber die Mieten hier waren sicher nur ein Bruchteil dessen, was man in Stuttgart zahlte. Vielleicht könnte sie sogar im Haus des Buchhändlers wohnen und von ihm zwei Zimmer oder eine Wohnung mieten? Das Gehalt würde nicht üppig sein, aber das war sie gewöhnt. Oder war es besser, den Laden zu pachten? Was war mit ihren sogenannten sozialen Kontakten? Gut, sie würde sicher ein paar Menschen vermissen, die sie nicht mehr so häufig sehen würde. Ihre Freundin Agnes beispielsweise, mit der sie sich oft spontan in der Stadt traf. Ein paar nette Kolleginnen. Die Verwandtschaft? Nicht so schlimm, die sah sie sicher noch genauso oft an irgendwelchen Familienfesten. Und dann natürlich Peter. Sie waren jetzt ein knappes Jahr zusammen. War die Bindung stark genug, um auch einer Wochenendbeziehung standzuhalten? Von ihrer Seite her auf jeden Fall, seither hockten sie auch nicht jeden Abend aufeinander. Peter hatte oft Dienst und musste Überstunden machen und bei ihr war ja meistens der Samstag ein ganz normaler Arbeitstag. Das konnte hier auch nicht schlimmer sein. Nur die lange Fahrt von Stuttgart würde einem vielleicht mit der Zeit auf die Nerven gehen.

Herr Kauffmann seinerseits hatte natürlich auch schon gehirnt, wie das attraktive Projekt Gestalt annehmen könnte. Er rechnete aus, was er der Frau Köhler höchstens bezahlen könnte. Oder wie viel Pacht er für den Laden von ihr verlangen könnte. Vielleicht wollte sie im Haus wohnen? Das wäre sehr praktisch und für ihn außerdem beruhigend. Mit der Miete könnte er ihr sicher sehr entgegenkommen.

Das Wichtigste war, sich um eine Stelle in Friedrichshafen zu bemühen, er hatte schon eine Kurzbewerbung per E-Mail an die Buchhandlung seiner Wahl dort geschickt. Kürzlich war genau dort eine passende Stelle ausgeschrieben gewesen, er hoffte, dass sie noch nicht besetzt war. Der Bodensee war natürlich sehr begehrt. Der Freizeitwert war immens, nur eine Wohnung zu finden war sicher schwer und teuer. Vorläufig könnte er bei seiner Freundin einziehen, die hatte eine Vierzimmerwohnung bei ihrer Tante in einem alten Haus etwas außerhalb. Es wäre sicher kein Problem, da mit unterzukommen. Die Tante wäre froh, wenn ein Mann im Haus wäre, ›für's Grobe‹, wie sie manchmal sagte. Und die Miete würden sie eben aufstocken und die Kosten auf zwei Personen umlegen. Das müsste klappen. Hoffentlich! Er mochte sein Hayingen und den Laden wirklich gerne, aber es war so überaus ruhig hier und wenig Laufkundschaft. Er vermisste hektische Betriebsamkeit und das Geflachse unter den Kollegen. Oder auch einen Kaffee direkt am See und die Abendspaziergänge am Ufer. Ob Frau Köhler hier auf dem Dorf wirklich fand, was sie suchte? Das musste sie selber wissen. Und wenn's nur für ein, zwei Jahre war – selbst dann würde es sich lohnen. Die Ladentüre bimmelte und Jette Köhler betrat die Buchhandlung.

»Hallo, Herr Kauffmann, na, wie weit sind Ihre Überlegungen gediehen? Also ich stell mir das ungefähr so vor …«, legte Jette gleich los.

Und schon waren sie im schönsten Gespräch. Es harmonierte, das war klar. Jette konnte zwei Zimmer im Haus zu einer minimalen Miete übernehmen, sollte dafür aber etwas nach dem Rechten sehen. »Kehrwoche und so«, grinste Kauffmann. Sie sei das sicher gewöhnt und es sei auch nicht so streng wie nach Stuttgarter Kriterien. Dann saßen sie lange über Zahlen und überlegten, wie das Ganze organisatorisch zu machen wäre. Ein längerer Prozess, der nicht an einem Nachmittag zu erledigen war. Gegen sechs Uhr verabschiedete sich Jette und Kauffmann schloss seinen Laden zu. Es waren wirklich nicht viele Kunden da gewesen und Jette begriff, dass es nicht so einfach werden würde, den benötigten Umsatz zu erzielen.

Auch die Männer im Gasthof Kreuz hatten inzwischen Feierabend gemacht. Sehr weit waren sie nicht gekommen. An der Wand prangten mehrere große weiße Blätter, gefüllt mit allem, was sie bisher an Kenntnissen hatten. Gefüllt ist übertrieben, allzu viel war es nicht. Es klafften große Lücken, genau wie in ihren Köpfen. Da war einmal der Homöopath als Opfer in der Mitte. Darunter seine Aktivitäten mit dem Cannabis-Anbau. Darum herum die Patienten, die sie bisher befragt hatten. Dann noch der Tierarzt Doktor Seidler als bisher Hauptverdächtiger rot angemarkert. Der Nico Spengler mit einem großen Fragezeichen. Und Fritz Merkle etwas auf der Seite als neues Opfer. Das sah wirklich mehr als mager aus. Ziemlich ratlos standen die drei davor.

»Also, heut wird das nichts mehr, ich glaub, wir haben eine leichte Krise«, meinte Zondler, »lasst uns was essen gehen und morgen frisch anfangen. Mein Hirn ist leer, wie eine ausgepresste Zitrone, wobei ich das Gefühl habe, dass schon vorher nichts drin war.«

Die andern stimmten zu. Winter wollte allerdings gleich heim, er hatte schließlich Familie und musste nach seinen Kindern sehen. Er sollte sich mehr kümmern, auch mehr nach der Schule sehen. Constanze war letztes Jahr ins Gymnasium gekommen und der Sprung war schwieriger als gedacht. Sie brauchte Unterstützung in Mathematik, und Englisch war auch nicht mehr so einfach, wie das bisschen in der Grundschule. Dazu die vielen neuen Klassenkameraden, mit allen kam sie nicht klar, aber wie sollte er da helfen? Jedenfalls war sie ganz schön zickig in letzter Zeit. Mit Melanie war es noch vergleichsweise einfach. Inzwischen konnte sie recht gut selber lesen und beschäftigte sich oft stundenlang mit ihren Büchern oder sie spielte. Allerdings war sie zu still geworden, seit seine Frau nicht mehr da war. Beiden fehlte die Mutter sehr. Und ihm die Frau. Ach Gabi, seufzte er wieder einmal verzweifelt, wie soll ich das nur schaffen ohne dich?

Zuhause war soweit alles in Ordnung. Frau Schmidt hatte eingekauft und einen Nudelauflauf vorbereitet. Die Wäsche war auch gemacht. Wieder einmal sagte er ihr, wie dankbar er für ihre Hilfe war. Sie war wirklich eine Perle. Und sie mochte die Mädchen, das war die Hauptsache.

Constanze saß noch über den Hausaufgaben und plagte sich mit einer Mathematikaufgabe. Wenigstens dabei konnte er helfen, und nach einer Viertelstunde packte sie erleichtert ihr Schulzeug in den Ranzen. Die Kleine war im Wohnzimmer und hörte eine CD, irgendwas mit Elfen. Winter schaltete den Backofen fürs Abendessen ein, deckte den Tisch und kuschelte dann eine Weile mit Melanie auf dem Sofa. Er war froh, dass es heute keine Probleme daheim gab, manchmal kam er auch nach Hause und es war eine wilde Streiterei im Gange, wie das so üblich ist bei Geschwistern. Früher konnte er sich da besser raushalten, Gabi hatte das meiste übernommen. Aber das war vorbei, für immer.

Der Auflauf war fertig und sie setzten sich gemeinsam an den Tisch. Die Kinder erzählten dies und das aus der Schule und Winter hörte ihnen gerne zu. Nach dem Abendessen scheuchte er sie ins Bad, bei Melanie musste man noch kontrollieren, ob das Wasser auch wirklich ihr Gesicht und ihre Hände fand. Constanze war eher auf ihre Privatsphäre bedacht, seit Neustem schloss sie sich im Bad ein, was er selbstverständlich akzeptierte.

Er las den beiden noch eine Geschichte vor. Constanze war eigentlich schon zu groß für Melanies bevorzugte Einhörner-Geschichten, aber sie genoss es trotzdem. Winter gab den beiden einen Gutenachtkuss und schloss die Tür. Er stieg die Treppe runter, holte sich ein Bier aus dem Kühlschrank und setzte sich damit ins Wohnzimmer. Fernseher an und Nachrichten, dann ein Spielfilm. Dort saß er dann meist, bis er vor Müdigkeit die Augen kaum noch aufhalten konnte. Alles besser, als alleine im Bett zu liegen und an Gabi zu denken.

Also bei uns isch scho einiges los, Frau Köhler. Erschtens hen mir des Naturtheater, do hen Sia sicher scho mol davo ghört? Des Johr wird Tom Saywer auf Schwäbisch aufgführt, des isch echt luschtig! Und dann gibt's auch no des Lauterdörfle, des isch so a Feriensiedlung, in der ma kleine Blockhäuser mieta kann. Wirklich sehr romantisch. Da kommet viele Leut in Urlaub her und dia bringet dann au a bissle Umsatz ins Dorf.«

Frau Eisele hatte es sich mit einer Tasse Kaffee am Tisch bei Jette gemütlich gemacht, nachdem diese sie dazu aufgefordert hatte. Es interessierte sie, wie das Leben in Hayingen ablief und dazu wollte sie die Wirtin etwas aushorchen. Wenn sie sich hier niederlassen wollte, brauchte sie Kundschaft. Die Theaterbesucher waren nicht so erfolgsversprechend. Die kamen an einem Abend, sahen sich die Vorstellung an und fuhren dann wieder heim. Sicherlich ohne das Dorf überhaupt zu betreten. Die Feriengäste schienen interessanter zu sein. Im Urlaub saß meist das Geld etwas lockerer, man kaufte sich ein Taschenbuch, eine Wanderkarte, Beschäftigungsmaterial für die Kinder oder mal ein Rätselheft. Da könnte man sicher die eine oder andere Aktion machen, beispielsweise ein Stadtspiel für die Kinder. Jette ließ ihren Gedanken freien Lauf. Frau Eisele schwäbelte indes unverdrossen weiter über die Vorzüge Hayingens.

Gestern Abend hatten Peter und sie noch lange geredet. Jette hatte ihm von der Buchhandlung, von Herrn Kauffmann und ihrem Plan, sich hier vielleicht anzusiedeln erzählt. Er hatte sie nur angeschaut und lange geschwiegen, Jette wurde schon ganz mulmig. Aber dann sagte er, es sei eine absolut grandiose Idee. Damit hatte sie nicht gerechnet und es war an ihr, verwundert auszuschauen. Er meinte es im Ernst. Er würde arbeiten wie seither, und wenn er frei habe, was ja durchaus auch unter der Woche vorkam, je nach Dienstplan, dann könne er zu ihr auf die Alb fahren. Das sei doch viel friedlicher als in der Stadt und sie könnten wandern und die Ruhe genießen. Kinos und Gaststätten gab es hier auch in der Nähe, und wenn es Jette allzu sehr nach Großstadt gelüste, könne sie ja ihn besuchen.

»Ja, und Leichen findest du ja auch überall. Dazu müssen wir nicht in die Stadt«, spöttelte Jette noch.

Sie war froh, dass Peter den Plan gut fand. Hoffentlich klappte das mit der Stelle in Friedrichshafen für Kauffmann. Denn dann konnten sie loslegen. Sie musste erst noch kündigen, aber das hatte Zeit, bis alles in trockenen Tüchern war.

Frau Eisele redete immer noch. Jette zwang sich dazu, wieder konzentriert zuzuhören. Sie wollte nicht unhöflich sein.

Die Wirtin erzählte grade, dass vom Feriendörfle auch immer mal Patienten zum Jakob gekommen seien. Aber momentan sei noch Vorsaison, da wären wohl nicht viele Häuser besetzt.

»Das war jetzt supernett von Ihnen, Frau Eisele, dass Sie mir Gesellschaft geleistet haben. Echt interessant hier in Hayingen. Also ich werd mich dann wieder mal auf den Weg machen. Das Wetter ist nicht übel, vielleicht mach ich einen Ausflug in Richtung Heuneburg.«

Jette stellte ihr Frühstücksgeschirr zusammen und stand auf.

»Bis später dann Frau Eisele, ich glaub, ich komm erst gegen Abend wieder. Die Herren Polizisten sind ja eh furchtbar beschäftigt, da will ich nicht im Weg rumstehen.«

»Sie Ärmschte. So a richtiger Urlaub isch des au net für Sie zwoi. Aber wer hat au des wissa könna? Hen Sie scho g'hört? Morgen isch die Trauerfeier für den Herrn Jakob. Mittags um zwoi auf dem Friedwald in Münsingen. Ich kann ja net hin, i muss in der Wirtschaft bleiba. Aber Sie ganget doch sicher?«

»Ja, ich denk schon. Ich kann Ihnen ja hinterher erzählen, wie's war«, tröstete Jette die Wirtin.

Damit ging sie zurück auf ihr Zimmer und zog sich dort um. Wanderklamotten und die festen Schuhe. Dazu was man halt so braucht für einen Tag. Auf dem Weg zum Auto schaute sie noch kurz bei Herrn Kauffmann vorbei und klärte ihn darüber auf, wie das Gespräch mit Zondler verlaufen war. Er freute sich, dass es anscheinend vorwärtsging.

Nicht so richtig vorwärts ging es bei der Polizei in ihrer Einsatzzentrale. Noch immer starrten sie die Blätter mit ihren Aufzeichnungen an. Der Holzinger hatte vorhin aus der Pathologie angerufen. Fertig sei er noch nicht, aber er wolle ihnen kurz mitteilen, dass der Merkle zusätzlich zu den Verletzungen am Kopf auch leichte Würgemale habe, die aber sicher nicht zum Tod geführt hätten. Außerdem habe er Reste von Plastikfolie am Hals von Merkle und an seiner Jacke entdeckt. Vielleicht könnten sie mit diesen Informationen was anfangen. Der Abschlussbericht folge dann demnächst.

»Das sollten wir uns näher anschauen, vielleicht finden wir ja auf Jakobs Hof was dazu Passendes«, meinte Aichele.

Kurze Zeit später drehten die Kommissare das Unterste zuoberst in dessen Arbeitszimmer, besahen sich Eingangstür und auch den hinteren Zugang noch mal ganz genau.

Sie fanden keinerlei Hinweis, dass da jemand dran rumgebastelt hatte. Auch sonst entdeckten sie nichts Verdächtiges. Allerdings lagen in einer Box auf dem Fenstersims im Hof lange Plastikhandschuhe.

»Also, das sind die gleichen, wie der Seidler sie hat oder sonst irgendein Tierarzt. Das Zeug gibt's massenhaft, Fingerabdrücke natürlich null, das hat die Spusi überprüft«, sagte Winter.

»Aber jetzt mit dem Hinweis vom Holzinger auf Plastik schaut das doch interessant aus. Pack mal welche ein zum Abgleich mit den Partikeln an Merkles Hals.«

»Und den Seidler werde ich auch dazu befragen. Ich fahr nachher mal zu ihm rüber«, erwiderte Aichele.

»Mach das Aichele. Das ist alles sehr seltsam. Wenn wir doch nur mal einen Zeugen hätten!«

Fritz Merkle hätte ihnen da einiges zu erzählen gehabt, aber leider kam der nicht mehr zu Wort. Er lag stumm in der Pathologie. Holzinger war mit ihm beschäftigt und wie immer sehr penibel bei der Sache. Er stellte fest, dass Merkle höchstwahrscheinlich erschlagen worden war, die Tatwaffe in Form einer Schaufel hatten sie bereits sichergestellt. Die Würgemale stellten sich als relativ harmlos heraus, jemand hatte Plastikfolie um Merkles Hals gelegt und zugezogen, allerdings sehr halbherzig, es war nicht lebensbedrohlich gewesen. Ansonsten war der alte Mann gut in Form, keine Krankheit und noch recht muskulös für sein Alter. Ein Bauer halt, der harte Arbeit und ständige Bewegung sein ganzes Leben lang gewohnt war. Nur die Leber war nicht mehr so ganz frisch, was auf einen eventuell zu hohen Konsum von Most, Bier oder Wein schließen ließ. Er war nun mit allen Untersuchungen fertig. Und dann gab es doch noch eine Überraschung aus dem Labor. Die Würgemale waren zwar nicht sehr ausgeprägt, hatten aber wohl bei Merkle zu einer solchen Todesangst geführt, dass sein Herz ausgesetzt hatte. Der alte Mann war weder an dem Schaufelhieb noch an Ersticken gestorben, sondern an einem Herzanfall. Ob man sowas nun einen natürlichen Tod nennen konnte? Holzinger überließ die Nacharbeit seiner jungen Praktikantin. Die musste noch etwas üben beim Nähen und er dachte sich, dass Fritz Merkle sicher nicht unbedingt Wert auf eine einwandfreie Naht legte.

Aichele war inzwischen unterwegs zu Doktor Seidler. Seine Laune war heut nicht besonders gut. Erst hatte er verschlafen, dann war er mit dem Rasierer ausgerutscht und hatte sich einen langen Schnitt am Hals zugefügt, der inzwischen ganz schön pochte. Das Frühstück war dann etwas hektisch ausgefallen. Und von Mila hatte er gestern auch nichts mehr gehört. Das war wohl das Schlimmste. Aichele bemitleidete sich sehr und hing trüben Gedanken nach. Der Besuch bei Doktor Seidler war nicht dazu angetan, seine Stimmung zu verbessern. War dieser doch ein grantiger alter Kerl, mit dem niemand gern was zu tun hatte. Die Abneigung war allerdings gegenseitig. Doktor Seidler verdrehte die Augen, als er Aichele vor der Tür stehen sah, und bat ihn diesmal nicht einmal ins Haus.

»Guten Morgen, Herr Doktor Seidler, nur ein, zwei kurze Fragen. Sie verwenden doch sicher auch diese Plastikhandschuhe für die Untersuchungen bei den Kühen oder Pferden?«, fragte Aichele möglichst freundlich.

»Wenn Sie die Dinger meinen, die bis zur Schulter gehen, ja. Oder würden Sie gern den ganzen Arm in eine Kuh reinstecken? Warum fragen Sie?«

»Es geht um die Ermittlung wegen dem Fritz Merkle. Wir müssen die Herkunft von solchen Plastikdingern klären, die wir bei ihm gefunden haben.«

»Fritz Merkle? Was ist mit dem?«, fragte der Tierdoktor verwundert.

»Haben Sie es noch gar nicht gehört? Der ist vorgestern Nacht erschlagen worden. Im Hinterhof von Jakob hat ihn der Nico Spengler gefunden«, klärte ihn Aichele auf.

»Heiliges Kanonenrohr! Da war er wohl wieder mal zu neugierig. Er hat ja auch wirklich in alles seinen großen Zinken reingesteckt. Und der Nico? Na, hoffentlich hat der keinen Dreck am Stecken. Wissen Sie schon was Näheres? Also, eigentlich war der Merkle ja harmlos, eine Nervensäge halt, der sich ständig in anderer Leute Angelegenheiten einmischte. Dem Jakob hab ich diesen Nachbarn allerdings von Herzen gegönnt.«

»Seltsam, dass Sie davon nichts mitbekommen haben, das ganze Dorf weiß doch sicher Bescheid.«

»Ich war nicht da gestern, bin erst heute früh zurückgekommen. Hab meine Schwester in Ulm besucht und dort übernachtet«, erklärte Doktor Seidler.

»Na, dann brauchen Sie sich um Ihr Alibi keine Sorgen zu machen. Ihre Schwester kann das sicher bezeugen.«

»Zu was brauch ich jetzt ein Alibi? Was hab ich mit dem Merkle zu schaffen? Passen Sie bloß auf, was Sie sagen, Sie Polizistle!«

»Vorsicht, Herr Doktor Seidler!«

Aichele war wirklich nicht gut genug aufgelegt, um

sich von Seidler als Schulerbüble bezeichnen zu lassen. Er ließ sich vom Doktor noch die Verpackung der Einweghandschuhe zeigen und nahm ein Paar davon mit zum Abgleich. Dann schrieb er sich noch die Adresse von Seidlers Schwester in Ulm auf und machte sich anschließend auf den Rückweg zum Gasthof Kreuz.

Unterwegs kam er am Blumenladen vorbei und sah Mila vor der Türe stehen. Sie war damit beschäftigt, die Setzware schön anzuordnen, farblich passend, sodass man gleich eine Vorstellung davon bekam, wie die Blumen hinterher im Beet aussehen würden. Sie sah sehr hübsch aus mit der grünen Gärtnerlatzhose und dem karierten Hemd. Aicheles Herz klopfte bis zum Hals. Er näherte sich ihr von hinten und fragte fast flüsternd: »Was kosten denn die Stiefmütterchen, die orangefarbenen meine ich?«

Mila dreht sich um und lächelte.

»Sechs Stück 3,99 Euro. Und für dich setz ich sie sogar in ein Körble, oder so. Brauchst du ein Geschenk?«

»Ja, nein, ich weiß auch nicht. Mir ist nichts anderes eingefallen, weißt du. Ich bin nämlich unglaublich schüchtern, wenn's darum geht, nette Mädels anzusprechen.«

»Schlecht für einen Polizeibeamten, oder?«

»Naja, das beschränkt sich mehr aufs Private.«

Inzwischen hatte Aichele sich gefangen und sein Herzschlag war etwas ruhiger. Er brachte es sogar fertig, zu fragen, ob sie heute Zeit hätte. Vielleicht essen gehen oder so.

»Gerne«, sagte sie spontan.

Mila war unkompliziert und schlug gleich ein schwäbisches Lokal in der Nähe vor. Sie verabredeten sich für acht Uhr. Aichele wollte schon gehen, als ihn Mila fragte, was jetzt mit den Stiefmütterchen sei.

Aichele sagte, er möchte wirklich ein Geschenk für eine junge Frau, deren Geschmack er leider noch nicht so gut kenne, aber vielleicht wisse Mila, was ihr gefallen könnte? Mila dachte intensiv nach und entschied sich dann für Dunkelviolett und Apricot. Ihrer Meinung nach wäre das genau das Richtige. Sie pflanzte die Blumen geübt in ein kleines Körbchen, verpackte es noch in Papier und überreichte es ihm. Aichele bezahlte und wandte sich zum Gehen.

»Bis heut Abend dann, ich freue mich.«

»Ich mich auch, bis dann.«

Der junge Beamte kam in einem gänzlich anderen Zustand wieder im Gasthof Kreuz an, als er ihn vor einer guten Stunde verlassen hatte. Seine Stimmung war bestens!

Ermittlungstechnisch war der Tag nicht sehr erfolgreich gewesen. Sie machten bald Feierabend. Aichele wollte Mila treffen. Zondler endlich mal seine Jette einen Abend lang für sich haben. Und Winter machte heute in Familie. Seine Schwiegereltern, die in Indelhausen wohnten, hatten die Kinder und ihn zum Abendessen eingeladen. Opa und Oma waren sehr wichtig für die Mädchen, die Familie war weiß Gott nicht mehr groß. Umso mehr zählten die nächsten Verwandten. Trotzdem war es für Winter etwas schwierig, den Eltern von Gabi zu begegnen, da er immer diese Trauer spürte. Die Oma redete gern über die

Zeit, als Gabi noch da war. Das war einerseits schön und andererseits schmerzhaft. Constanze und Melanie liebten die alten Geschichten über ihre Mutter und bewahrten sie sicher ganz tief auf als Erinnerung. Er selber hatte eher Probleme damit, weil die mühselig zugewachsene Wunde jedes Mal von Neuem aufriss. Dem Schwiegervater ging es wohl ebenso. Er redete nicht viel und wenn, dann polterte er über das Versagen der Ärzte und gab denen und dem ganzen Gesundheitssystem die Schuld an Gabis Tod. Sie saßen alle um den großen Esszimmertisch und die Oma hatte Pfannkuchen gebacken. Schon immer war das das Lieblingsessen der Mädchen gewesen, und zwar mit Spinat. Etwas ungewöhnlich, aber es schmeckte! Ein Stapel Pfannkuchen von ungefähr zwanzig Zentimetern stand in der Tischmitte und alle griffen zu, was das Zeug hielt. Unglaublich, was in die Bäuche passte! Aber irgendwann war Schluss. Es blieben nur drei Pfannkuchen übrig, das gab morgen dann wohl noch eine Flädlesuppe für die Großeltern.

Die Kinder zogen sich zurück in ihr altes Spielzimmer, wo immer noch die Kisten mit Lego und anderen Sachen standen. Die Erwachsenen blieben am Tisch sitzen und redeten. Winter erzählte ihnen von den zwei Morden, von denen Herr und Frau Lehmann schon gehört hatten. Interessiert lauschten sie dem Bericht ihres Schwiegersohnes.

»Also der Jakob, der Quacksalber, der ist sicher selber schuld. Wahrscheinlich hat der jemanden falsch behandelt oder sonst einen Bockmist gebaut«, polterte Opa Lehmann dann plötzlich los.

»So kannst du das nicht sagen, Gottfried«, widersprach Winter, »er ist ein angesehener Homöopath, ich hab noch niemanden etwas Schlechtes über ihn oder seine Behandlung sagen hören. Egal ob Mensch oder Tier. Wir haben ziemlich viele Patienten von ihm befragt.«

»Auch die, die's nicht überlebt haben?«, giftete Opa Lehmann, »der Gabi hat er jedenfalls nicht helfen können, oder? Und was hatte die für Hoffnungen auf ihn gesetzt! Ich glaub an den ganzen Scheiß mit den Globuli nicht. Da wird ein wenig schön geredet und eideidei gemacht, dann gibt's ein paar Zuckerkügele und davon soll der Krebs weggehen? So ein ausgemachter Blödsinn! Du hast doch selbst gesehen, dass es nichts gebracht hat! Vielleicht könnte die Gabi noch leben, wenn sie noch mal in eine Klinik gegangen wäre.«

»Gottfried, das haben wir nun schon hundertmal besprochen. Gabi war austherapiert, es ging nur noch um eine palliative Verbesserung. Gabi wollte es so und sie hatte recht«, sagte Winter mit fester Stimme.

Oma Lehmann sagte nichts, sie hatte bereits wieder Tränen in den Augen. Es war, wie Winter gesagt hatte, und sie konnte es nicht mehr ertragen, dass ihr Mann jedes Mal wieder damit anfing. Er wollte einfach nicht akzeptieren, dass seiner Tochter nicht mehr zu helfen gewesen war. Sie seufzte tief, stand auf und fing an, den Tisch abzuräumen. Winter sprang ebenfalls auf, dankbar, dass das unleidige Gespräch unterbrochen wurde. Gottfried Lehmann grummelte noch wütend in sich hinein und ging dann zu seinem Fernsehsessel. Er schaltete die Nachrichten ein und signalisierte, dass für ihn das Thema beendet sei. Etwas später sammelte Winter seine Töchter ein und verabschiedete sich.

»Gute Nacht Oma, gute Nacht Opa«, Constanze und Melanie umarmten die Großeltern und sagten der Oma noch schnell, dass die Pfannkuchen wieder mal Weltklasse gewesen waren. Das tat ihr sichtlich gut.

Auf dem Weg nach Hause fragte sich Winter, wo eigentlich Gabis Akte geblieben war. Er hatte sie beim Durchsuchen von Jakobs Unterlagen jedenfalls nicht in die Hände bekommen. Wahrscheinlich hatte sie einer der anderen durchgesehen. Sicher stand nichts Besonderes drin, und weil Gabi nicht Winter mit Nachnamen geheißen, sondern ihren Lehmann behalten hatte, war es wahrscheinlich weder Zondler noch Aichele aufgefallen. Bei Gelegenheit würde er noch mal im Aktenschrank danach schauen.

Das tat er denn auch, sogar noch, bevor er zum Gasthof Kreuz und den Kollegen fuhr. Der Schlüssel zu Jakobs Haus lag noch im Versteck. Wieso hatten sie den eigentlich nicht mitgenommen und verwahrt? Keiner hatte daran gedacht. Jakob war tot, das Haus von oben bis unten durchsucht und so sah er keine Notwendigkeit, den Schlüssel mitzunehmen. Die Angehörigen sollten ihn am beschriebenen Platz vorfinden.

Winter ging ins Büro, öffnete den Aktenschrank, der unverschlossen war und suchte nach Gabis Unterlagen. Warum war der eigentlich nicht abgeschlossen? Seltsam. Er ging die Krankenakten durch, der Name Gabi Lehmann war nicht zu finden. Konnte Jakob sie anderswo deponiert haben? Vielleicht hatte er die erledigten Fälle aussortiert und woanders gelagert? Nein, das hier war der einzige Schrank. Winter durchwühlte das ganze Alphabet des Hängeregisters, aber es war wirklich nichts über seine Frau zu finden. Sehr, sehr merkwürdig. Er schloss alles wieder sorgfältig ab und verließ das Grundstück.

Zondler, Jette und Aichele saßen noch beim Frühstück. Jette hatte den andern beiden soeben gesagt, dass heute ihr letzter Tag in Hayingen sei. Ihr Urlaub sei zu Ende, sie müsse morgen wieder nach Stuttgart. Peter Zondler zog ein langes Gesicht, das passte ihm gar nicht. Irgendwie gefiel ihm die Vermischung hier ganz gut. Tagsüber der Dienst, zwischendurch und abends Jette und Urlaubsgefühle. Aber klar, sie konnte nicht ewig vom Buchladen weg bleiben.

»Jetzt guck nicht so Peter«, versuchte sie ihn zu trösten, »falls es noch länger dauert, kann ich am Wochenende wieder rauffahren. Aber vielleicht löst sich der Fall noch ganz schnell.«

»Das glaub ich eher nicht, wir kommen grad gar nicht weiter. Weißt du, was uns immer noch fehlt? Das Motiv! Der Jakob war anscheinend ein richtiger Heiliger, fast nirgends ein böses Wort, außer vom Merkle und vom Seidler. Und der Merkle, naja, das weißt du ja selber, den hat's auch erwischt. Irgendwas hat der beobachtet, aber was?«

Inzwischen hatte sich Winter entschlossen, nach der Akte von Gabi zu fragen. Die Sache kam ihm doch nicht ganz geheuer vor.

»Kollegen, hat einer von euch eine Akte mit dem Namen Gabi Lehmann beim Jakob gesehen? Das ist meine Frau, die leider vor einem Jahr an Krebs gestorben ist. Es tut mir leid, dass ich euch das nicht gleich erzählt habe, aber es fällt mir immer noch sehr schwer, darüber zu reden. War allerdings in dem Fall nicht ganz okay und ich entschuldige mich. Denn so ein bisschen ist sie in die Sache verwickelt und das hätte ich euch natürlich sagen müssen. Sie war die letzte Zeit auch bei Jakob in Behandlung. Uns war klar, dass sie unheilbar krank war, aber er konnte ihr die letzten Wochen um einiges erträglicher machen. Ich hab ihm auch wirklich überhaupt nichts vorzuwerfen, er hat getan, was möglich war. Und jetzt hab ich festgestellt, dass ihre Akte nicht im Aktenschrank ist. Gegeben hat es sie, ich war mal mit ihr dort und habe sie selbst gesehen.«

Betroffenes Schweigen ringsum. Jette sagte als Erste was.

»Das tut mir sehr leid mit ihrer Frau, Herr Winter. Sie haben auch Kinder, stimmt's? Eine schwierige Zeit für Sie alle.«

»Ja, zwei Mädchen, Constanze und Melanie. Sie vermissen ihre Mutter sehr, aber wir kommen schon zurecht.«

Zondler und Aichele sagten ebenfalls ein paar einfühlsame Worte, dann kehrten sie zum Fall zurück.

»Du hast das Opfer also auch gekannt?«, hakte Aichele nach.

»Flüchtig. Ich war zweimal mit Gabi dort und kann nichts Schlechtes sagen. Aber es war hauptsächlich ihr Ding und ihre Entscheidung. Ich kann auch wirklich sonst nichts beitragen zur Untersuchung, sonst hätte ich selbstverständlich gleich gesagt, dass ich ihn kenne. Wahrscheinlich wollte ich einfach nicht an die Krankheit meiner Frau erinnert werden, es reißt jedes Mal eine große Wunde auf.«

Die beiden Kommissare schwiegen. Einerseits verstanden sie seine Gefühle, aber ganz nachvollziehen konnten sie Winters Handlungsweise nicht. An den Namen Lehmann erinnerte sich keiner und Krebsfälle gab es viele in den Akten. Niemand konnte sich einen Reim darauf machen, weshalb jemand die Akte entwenden sollte.

Jette erinnerte die Männer daran, dass mittags um zwei Uhr die Beisetzung von Jakob im Friedwald stattfinden würde, und fragte, wer da mitgehe. Alle wollten mit. Daher verabredeten sie sich um eins im Gasthof Kreuz, um gemeinsam an der Trauerfeier teilzunehmen. Frau Eisele kam an den Tisch und fragte, ob die Herrschaften noch etwas wünschten. Alle waren fertig und die Wirtin begann abzuräumen. Nebenher erzählte sie, dass heute Abend eine kleine Hocketse draußen in der Gartenwirtschaft stattfinden würde. Das machten sie den Sommer über regelmäßig und es sei immer recht lustig. Ein Quetschkommodenspieler sei auch da und mache schöne Musik zum Mitsingen.

»I reservier gern an Tisch für Sie alle, so ab de siebene«, schloss sie ihre Ausführungen.

»Was meinst du Jette? Der ideale Abschluss für unsern Urlaub, oder?«

»Warum nicht, dass wird sicher gemütlich, schön warm scheint es auch zu werden. So wie ich Sie kenne, Frau Eisele, gibt's auch bestimmt was besonders Gutes zum Essen?«

»Aber sicher. Mei Mann hat Rehgulasch auf der Kart, außerdem einige Spargelgerichte und zum Nachtisch gibt's Pfitzauf.«

»Pfitzauf! Das hab ich ja schon ewig nicht mehr gehabt! Meine Oma hat das früher immer gemacht – lecker!«

Jette freute sich am meisten auf den Nachtisch und war bereits am Überlegen, ob sie eine doppelte Portion davon bestellen sollte und den Hauptgang dafür streichen. Aber das hatte noch Zeit, es war ja noch Vormittag.

Der Tisch wurde bestellt und sogar Winter willigte ein zu kommen. Er wollte seine Mädels mitbringen, wogegen keiner was einzuwenden hatte. Aichele hätte sich gefreut, Mila auch einzuladen. Die wurde aber von Frau Eisele gebraucht, sie musste bedienen helfen. Immerhin konnte er sie dann sehen.

Der gestrige Abend war ganz nach seinem Sinn gewesen. Mila hatte sich sehr über die von ihr eingepflanzten Blumen gefreut und spielte natürlich die Überraschte. Sie hatten nichts Besonderes gemacht, waren nur sehr lange spazieren gewesen rund um Hayingen und hatten sich unterhalten. Logisch, dass die Wiesen an diesem Abend grüner und der Himmel blauer gewesen waren als sonst. Aichele hatte es gar nicht eilig damit, dass der Fall gelöst wurde. Umso länger konnte er hier bleiben.

Jette hatte sich für den heutigen Tag etwas Besonderes vorgenommen, es ging ihr schon eine ganze Weile durch den Kopf. Sie wollte ins Tierheim nach Reutlingen und nach Jakobs Collie sehen. Wie es dem armen Kerl wohl ging? Sie wusste, dass er den Hund seinerzeit aus einer schwierigen Situation bei sich aufgenommen und ihn mit viel Geduld und Mühe wieder aufgepäppelt hatte. Der Collie hing mit abgöttischer Treue an seinem Menschen und nun war diese Vertrauensperson weg. Er litt sicher sehr und Jette ließ das keine Ruhe. Nach Reutlingen war es nicht allzu weit und sie fand das Tierheim ohne

Schwierigkeiten. Lautes Gebell empfing sie. Sie fragte im Büro nach dem Collie und der Tierpfleger wusste auch gleich Bescheid. Sie gingen nach draußen zu den Außenboxen. Von überallher verfolgten Jette hoffnungsvolle Augen, die meistens sehr traurig blickten. Ist das schrecklich, dachte sie. Man bekommt sofort ein mieses Gewissen, weil man nicht allen helfen kann, was sind das nur für arme Geschöpfe. Rechts hinten lag Glenn, den Kopf auf den Pfoten, still und ohne Reaktion. Erst als ihn der Tierpfleger ansprach, blinzelte der Collie und schaute zu ihnen rüber.

»Gibt es niemanden von den Angehörigen, der ihn übernehmen will?«, fragte Jette.

»Bis jetzt hat sich hier keiner sehen lassen. Es kam nur einmal ein Schreiben der Polizei, dass es nur eine ältere Verwandte gibt, die den Hund nicht nehmen kann. Wir bemühen uns natürlich, ihn zu vermitteln, aber Sie sehen ja selbst, dass er nicht grade ein Bündel an Lebensfreude ist. Das wird sicher schwierig. Eine Familie mit Kindern ist ungeeignet, er bräuchte eine verlässliche Person, am besten wieder einen Mann, der lange Spaziergänge mit ihm macht und sich viel um ihn kümmert. Stimmt's Glenn, du bist wirklich ein Guter, aber ein Einzelgänger.«

Der Tierpfleger war ins Gehege gegangen und kraulte dem Collie den Kopf.

»Haben Sie Interesse an dem Hund?«

»Ich kannte seinen Besitzer. Leider wohne ich in Stuttgart und bin den ganzen Tag nicht zu Hause. Außerdem kenne ich mich mit Hunden überhaupt nicht aus, hatte noch nie einen und kann auch nicht viel damit anfangen. Aber irgendwie muss ich oft an ihn denken, er tut mir einfach leid.

»Kommen Sie, wir laufen eine Runde mit ihm. Glenn muss dringend mal wieder raus.«

Der junge Mann nahm eine Leine und hakte sie an Glenns Halsband ein. In den Hund kam Leben und er stand willig auf, um ihm zu folgen. Jette war einverstanden, sie hatte ja den ganzen Vormittag Zeit. Und so gingen sie zu dritt eine gute halbe Stunde spazieren. Der Collie war gut erzogen und folgte aufs Wort. Ihr war schon klar, worauf ihr Begleiter hinauswollte. Sie sollte ihr Herz an den Hund verlieren und ihn bei sich aufnehmen. Aber das ging wirklich nicht. Zumindest nicht jetzt, solange sie noch in Stuttgart wohnte. Vielleicht wenn alles klappte mit der Buchhandlung in Hayingen. Sie sah sich schon dort im Laden sitzen, unterm Schreibtisch Glenn, der ihr dort und auch am Abend Gesellschaft leisten würde. Nach Feierabend könnte sie mit ihm über die Felder laufen. Warum eigentlich nicht, das konnte doch Wirklichkeit werden! Sie deutete das dem Tierpfleger gegenüber an und fragte, ob der Collie eventuell noch so lange bei ihm bleiben könne, falls sich ihre Pläne umsetzen ließen.

»Wenn Sie regelmäßig vorbeikommen könnten, um Glenn kennenzulernen und mit ihm Gassi gehen, dann wäre das sicher hilfreich. Unter diesen Umständen wären wir bereit, ihn noch eine Weile zu behalten.«

»Ich werde sehen, was ich machen kann. Vielen Dank, ich melde mich demnächst wieder.«

Jette streichelte den Hund und verabschiedete sich bald darauf. Ich muss verrückt sein, dachte sie auf der Heimfahrt. Einen ungekündigten Arbeitsplatz, eine Wohnung mit langfristigem Mietvertrag in Stuttgart. Noch keine Zusage in Hayingen. Und ob ich dort überhaupt einen

Hund haben darf? Überhaupt, ich habe keine Ahnung von Hunden und dann gleich einen so großen! Ich muss echt verrückt sein!

Daheim angekommen zog sie sich rasch eine schwarze Hose und ein schwarzes Top an. Gut, dass sie in Bad Buchau etwas Passendes eingekauft hatte. Peter war auch gerade dabei, sich für die Beisetzung in etwas angemessenere Kleidung zu werfen, eine dunkle Jeans und ein helles Hemd mussten genügen. Dann gingen sie hinunter zu den anderen, die bereits warteten, und fuhren gemeinsam nach Münsingen zum Friedwald.

Es war nur eine kleine Anzahl von Trauergästen, die sich eingefunden hatte. Der Termin war nicht öffentlich bekannt gegeben und eine Anzeige in der Tageszeitung hatte es auch nicht gegeben. Die Angehörigen wollten kein Spektakel um die Bestattung. Das war sicher auch ganz im Sinne von Jakob, der schon zu Lebzeiten verkündet hatte, dass es ihm egal sei, was nach seinem Tod mit ihm passiere. Ein schönes Plätzchen im Wald und fertig. Und so waren nur der Bestatter, eine Handvoll Angehörige, die Kripoleute, Mila und einige Frauen um den Andachtsplatz versammelt. Letztere waren entweder Beziehungen von Jakob oder Patientinnen, mutmaßte Zondler. Vielleicht sollten wir uns die etwas näher anschauen, dachte er sich, als er die Trauergäste betrachtete.

Die Feier war schlicht. Einer der Angehörigen sprach ein paar Sätze über Clemens Jakob, aber offensichtlich hatte er ihn nicht sehr gut gekannt. Es waren mehr so nichtssagende Allgemeinplätze. Jette dachte traurig, dass es nicht die richtigen Worte für ihn waren. Aber vielleicht hätte er sich auch amüsiert über diesen schmucklosen Abschied.

Der Bestatter nahm die Urne an sich und ging voraus weiter in den Wald hinein. Das Häuflein Menschen folgte ihm. Unter einer dicken Buche hielten sie an und der Mann im schwarzen Anzug versenkte die Urne im bereits vorbereiteten Loch. Jeder ging noch an diesem Minigrab vorbei und legte einen Zweig oder eine Blüte zu den Überresten von Jakob. Ein Vaterunser wurde nicht gesprochen, er war nicht so der Kirchenmensch gewesen, wie Jette wusste. Trotzdem fehlte irgendwas, es war nicht feierlich, nicht traurig und auch nicht hoffnungsvoll. Sie hatte mehr und mehr das Gefühl, als würde das hier dem lebhaften und sprühenden Menschen nicht gerecht, den sie gekannt hatte.

Die kleine Gesellschaft löste sich rasch auf. Die Polizeibeamten mussten sich sputen, um die anwesenden Damen kurz anhalten zu können und freundlich nach ihrem Bezug zu Jakob zu fragen. Wahrscheinlich wollten sie lieber diskret im Hintergrund bleiben. Drei von ihnen waren absolut unverdächtig. Zwei Teilnehmerinnen aus einem Homöopathie-Kurs und eine ältere Patientin, die schon ewig ihre wechselnden Zipperlein von ihm behandeln ließ und nun ernsthaft um ihn trauerte.

Die vierte war interessant. Sie stach auch etwas aus den anderen Damen heraus. Eine kühle, jedoch selbstbewusste Aura mit der Botschaft »komm mir bloß nicht zu nahe«. Aichele nahm das zwar zur Kenntnis, hielt sich aber nicht daran. Er stellte sich als untersuchender Ermittler vor.

»Kannten Sie Herrn Jakob schon lange? Und in welcher Beziehung standen Sie zu ihm?«, fragte er die Frau.

»Ich wüsste nicht, warum das die Polizei interessieren sollte. Und was heißt schon kennen? Kennt man einen Menschen wirklich oder kennt man immer nur ein Stück?«

»Das Stück würde uns vielleicht schon genügen, Frau ...?«

Aichele warte darauf, dass sie ihm ihren Namen nannte, was sie nach einer endlos scheinenden Zeit dann auch widerwillig tat.

»Beate Schneider. Herr Jakob und ich sind, beziehungsweise waren, Kollegen. Wir haben uns vor drei Jahren auf einem Heilpraktiker-Kongress kennengelernt und standen seither in Verbindung.«

»In einer beruflichen oder auch persönlichen Verbindung, Frau Schneider?«

»Sowohl als auch. Wobei die persönliche Seite schon eine ganze Weile vorbei ist. Trotzdem wollte ich ihm, wie sagt man so schön, die letzte Ehre erweisen. Vielleicht auch mich nur vergewissern, dass er wirklich tot ist«, murmelte sie noch leise hinterher.

»Wie meinen Sie das denn jetzt?«, sagte Aichele, denn er wunderte sich doch sehr über diesen letzten Satz.

»Naja, er hat immer so viel geredet vom Leben nach dem Tod. Dass er ein spirituelles Wesen sei, und dass man nicht wirklich weg ist nach dem Ableben. Man wusste nie so recht, wann er es ernst meinte und wann er seinen Spaß mit einem trieb. Aber verstehen Sie, ich konnte einfach nicht glauben, dass er gestorben ist, ich musste das hier sehen und erleben!«

»Wann hatten Sie denn das letzte Mal Kontakt?«

»Bestimmt ist das länger als ein halbes Jahr her. Aber ich muss jetzt gehen, ein Termin wartet auf mich.«

Frau Schneider hatte es plötzlich sehr eilig, offensichtlich wollte sie kein Wort mehr über Jakob verlieren und keine weiteren Fragen beantworten. Aichele fragte sie trotzdem noch nach ihrer Adresse und Telefonnummer und schrieb sich beides auf. Irgendwie war die Frau seltsam. Sie wirkte unterkühlt und trotzdem sehr betroffen. Konnte es sein, dass der Mord an Jakob eine Beziehungstat war? Entweder aus verschmähter einseitiger Liebe oder von einem eifersüchtigen Ehemann begangen? Er würde das nachprüfen. Inzwischen hatte sich der Friedwald geleert, zumindest von den Lebenden. Die Verstorbenen waren wieder unter sich und hatten ihre Ruhe.

»Leichentrunk gibt es wohl keinen«, sagte Zondler in die Runde.

»Nein, bei der merkwürdigen Gesellschaft ganz sicher nicht, da musst du dir deinen Kaffee und den Hefezopf schon selber kaufen«, spöttelte Aichele.

Auch Winter meinte, dass die Angehörigen wohl keinen Wert auf die Fortsetzung der Trauerfeier legten. Die seien froh, dass es vorbei war. Also fuhren sie zurück, tranken aber wirklich noch einen Kaffee in Indelhausen beim Gasthof Hirsch in der scharfen Rechtskurve. Dabei unterhielten sie sich über Frau Schneider. Sie waren sich einig, dass Aichele noch etwas nachbohren sollte. Zondler rief Frau Wiesner im Präsidium an und bat sie, alles über Beate Schneider zu recherchieren. Das ging auch ruckzuck, keine halbe Stunde später rief sie zurück und erzählte, dass besagte Dame ein unbescholtenes Blatt sei. Wohnhaft in Wilhelmsdorf auf der Alb, verheiratet mit Axel Schneider, der sei irgendwas mit IT-Manager in einer größeren Firma. Kinder keine. Sie sei gelernte Fremdsprachenkorrespondentin, habe mit diesem Beruf aber aufgehört, als sie ihre Heilpraktikerausbildung abgeschlossen habe. Seit fünf Jahren sei sie selbstständig in der Branche. Ihre Praxis befände sich in Wilhelmsdorf im selben Haus wie die Privatadresse. Beziehungen zu Jakob haben sich nicht feststellen lassen.

»Danke, Frau Wiesner, Sie waren wieder mal blitzschnell. Was täten wir nur ohne Sie?«

»Eine andere Dumme finden natürlich«, schmunzelte Frau Wiesner am anderen Ende der Leitung.

»Gern geschehen, Chef. Viel Spaß noch und bis zum nächsten Mal.«

Als sie am späten Nachmittag dann nach Hayingen zurückkamen, saßen die ersten Gäste bereits im Biergarten. Schnell gingen die drei ins Hotel hinüber und entledigten sich ihrer Trauerkleidung. Winter war nach Hause gefahren, um sich erstens auch umzuziehen, und zweitens seine Töchter zu holen. Frau Eisele hatte ihnen, wie versprochen, einen Tisch reserviert, sogar den allerschönsten. Ein wenig am Rand, windgeschützt und nicht zu nah an der Musik.

»Perfekt, Frau Eisele, vielen Dank!«

Jette und Zondler setzten sich und bestellten ein Weißbier. Mit dem Essen wollten sie noch auf die anderen warten. Frau Eisele war leicht hektisch. Heute gab es wirklich viel zu tun und sie war in vollem Schwung. Alle Tische waren frühlingshaft dekoriert und es sah sehr hübsch aus. Lindgrüne Tischdecken, wie eine frische Frühlingswiese, dazu Pfingstrosen in zarten Tönen. Das hatte sicher Mila gemacht. An der Ecke zum Wirtshauseingang richteten sich grade die Musiker ein, der eine hatte eine Gitarre, der andere ein Akkordeon. Ohne Verstärker, so wie es aussah, was Jette sehr begrüßte. Es würde wohl nicht allzu laut werden. Das Lokal füllte sich zusehends und da kam auch schon Aichele um die Ecke. Er setzte sich und wie aufs Stichwort nahmen die Männer sogleich die Speisekarte in die Hand.

»Ich hab einen Mordshunger«, sagte Zondler, »den ganzen Tag freu ich mich schon aufs Essen heut Abend.«

Aichele brummelte zustimmend und Jette setzte hinzu:

»Nicht nur du, ich denk auch schon die ganze Zeit an den Pfitzauf.«

Als Mila kam, um die Bestellung aufzunehmen, entschieden sich die Männer für das komplette Menü, das ihnen die Wirtin bereits beim Frühstück so verlockend geschildert hatte. Jette bestellte sich zwei Portionen Pfitzauf mit Zwetschgenkompott.

Am Eingang zum Garten sahen sie Winter stehen und winkten ihm zu, damit er bemerkte, wo sie saßen. Er hatte wie versprochen seine zwei Mädchen dabei, die sich etwas schüchtern an den Vater drückten. Alle fanden noch Platz am Tisch. Das Essen war sehr lecker, die Unterhaltung plätscherte leicht dahin. Weil die Kinder dabei waren, redeten sie nicht über ihre zwei Fälle, sondern plauderten über Wanderungen auf der Alb, Kinderbücher und was man halt so redet, wenn man entspannt beieinander hockt. Die Musik war auch nicht übel, mehr so alte Liedermacher, weniger Bierzeltkracher. Gegen zehn Uhr verabschiedete sich Winter mit den beiden Kindern. Melanie hatte schon eine Weile ganz kleine Augen und lag mehr als sie saß mit dem Kopf auf dem Tisch. Es war eindeutig Zeit fürs Bett.

Als die drei gegangen waren, wandte sich das Gespräch doch noch den zwei Morden zu.

»Wie geht es denn jetzt weiter bei euch? Morgen fahr ich heim, ich muss wieder ins Geschäft. Kommt ihr überhaupt ohne mich zurecht?«, flachste Jette.

Dabei fiel ihr der Abschied ziemlich schwer, am liebsten wäre sie gleich hier geblieben. Aber es gab einiges zu regeln. Zondler guckte auch ziemlich traurig.

»Oh je, ich glaub nicht, dass wir das ohne deine moralische Unterstützung schaffen. Und so nett haben wir es dann auch nicht mehr, gell Aichele?«

Aichele fand das auch, nickte allerdings nur dazu. Er war in Gedanken momentan eher bei Mila, die er schon den ganzen Abend beim Bedienen anschaute. Ab und an gab es auch ein paar verliebte Blicke zwischen den beiden. Zu mehr hatte Mila keine Zeit, das Geschäft brummte und sie war ständig am hin- und herrennen mit vollen Tabletts.

»Ich glaube, ihr solltet Euch mehr auf die Patienten vom Jakob konzentrieren, irgendwo muss da was sein. Denkt an den merkwürdigen Zettel – wie war das noch mal: ›Gleiches mit Gleichem‹ oder so? Ich seh das so, als ob Jakob jemanden zu Tode gebracht hat. Unabsichtlich sicherlich, aber immerhin. Und da gibt es nun eine Person, die das nicht akzeptiert. Ihr müsst euch die Akten daraufhin noch mal ganz genau anschauen!«

»Hm ... In Hinblick auf unsere neue Verdächtige, die Beate Schneider, ist der Zettel sicher auch interessant. Schließlich kommt sie vom Fach. Und vielleicht hatte sie Grund für Rachegedanken. Wenn Frauen hassen, dann aber obacht!«, meinte Aichele. Jette warf ihm einen abschätzenden Blick zu. Woher wollte denn der junge

Mann das nun wissen. So viel Erfahrung in Sachen Frau hätte sie ihm gar nicht zugetraut.

»Wir dürfen die Person Jakob nicht aus dem Auge verlieren. Vielleicht stand eine Straftat seinerseits am Anfang. Mir passt nicht, wie der immer als Heiliger angesehen wird, man könnte meinen, der ist unantastbar. Ein richtiger Guru. Es gibt immer eine Schattenseite, wenn man genau hinsieht, und die werden wir finden, verlass dich drauf!«, sagte Peter Zondler, und hörte sich dabei an, als könne er den Homöopathen nicht leiden.

»Mag sein«, grinste Jette. Genau so hätte sie ihren Peter eingeschätzt. Das Übersinnliche war nicht sein Feld, das wusste sie wohl.

»Stimmt schon, für seine Patienten war er wohl so was wie ein Heilsbringer. Ich erinnere mich, dass Jakob selbst gesagt hat, er sei im Namen des Herrn unterwegs. Aber ich denke doch, dass das selbstironisch gemeint war, er konnte schon sehr spotten. Über andere, aber auch über sich selbst. Bitterernst gemeint war das nicht.«

»Also doch ein Heiliger«, seufzte Zondler, sah Jette leidend an und bemerkte dann zu Aichele:

»Wie soll man gegen so einen Mann anstinken?«

»Gar nicht. Da hast du keine Chance, Peter. Kannst nur warten, bis es vorbei ist. Und im Fall Jakob hat sich das inzwischen ja erledigt.«

Jette fand das nun gar nicht mehr witzig, aber sie hielt ihren Mund. Sie gingen dann auch bald ins Bett. Der Tag war mehr als voll gewesen mit den unterschiedlichsten Ereignissen. Die mussten nun im Schlaf verarbeitet werden.

Jette war am Packen. Sie hatten gestern Abend noch besprochen, dass sie mit Peters Golf nach Hause fahren sollte. Er brauchte ihn hier nicht unbedingt. Aichele und er hatten ja den Dienstwagen. Sie stopfte alles mehr oder weniger ordentlich in den Rucksack und einige Plastiktüten, die sie von Frau Eisele bekommen hatte. Dann half ihr Peter beim Hinuntertragen und sie legten alles in den Kofferraum.

Das gemeinsame Frühstück genossen sie noch ausgiebig und ohne Eile. Auch Aichele schloss sich ihnen an. Frau Eisele drückte sie zum Abschied an ihren imposanten Busen und brach fast in Tränen aus. Anscheinend war ihr Jette in der kurzen Zeit ans Herz gewachsen.

»Heulen Sie nicht, Frau Eisele, wenn hier jemand Grund dazu hat, dann bin das ich«, polterte Zondler in den aufkeimenden Abschiedsschmerz hinein. Die Beklemmung löste sich und alle lachten.

Jette stieg ins Auto, hupte kurz und fuhr winkend davon. Die anderen schauten ihr nach und gingen dann wieder zurück ins Gasthaus.

Unterwegs schaltete Jette kein Radio an, sie war sehr in Gedanken. Die Arbeit und die Kündigung, die sie bald schreiben wollte, kreisten in ihrem Kopf. Sobald sie von Herrn Kauffmann grünes Licht bekam, konnte es losgehen. Doch der musste zuvor eine Zusage von dem Friedrichshafener Buchhändler bekommen. Wenn das alles gut ging, konnte sie ab Herbst in Hayingen die kleine Buchhandlung pachten und auch dort wohnen. Sie musste sich das immer wieder selber vorsagen, denn noch kam ihr der Plan wie ein schöner Traum vor.

Zondler dachte inzwischen unwillig an den Fall. Wie lange er wohl noch in Hayingen bleiben müsste? Eigentlich zog sich der Aufenthalt schon viel zu lange hin, die Kostenstelle wurde ungeduldig, schließlich übernachteten sie nun schon etliche Tage zu zweit im Gasthof Kreuz. Das wurde teuer. Andererseits war es wichtig, vor Ort zu sein. Er setzte sich in das neue Dienstzimmer und nahm sich die Akten noch einmal gründlich vor. Gegen Mittag tröstete er sich mit zwei warmen Leberkäswecken über Jettes Abwesenheit hinweg. Das half ein wenig, aber nicht viel. Immerhin gab es im kleinen Supermarkt etwas zu lächeln, als er sich dort an der Metzgertheke anstellte um seine Weckle zu kaufen. Eine offensichtlich sehr alte kleine Frau war vor ihm dran und schaute sich kritisch das ausgestellte Fleischangebot an.

»Derf i mol Ihrn Bauch seha?«, fragte sie die Verkäuferin.

Zondler grinste breit, denn das konnte man auch missverstehen, wenn man wollte. Die Verkäuferin lächelte auch kurz, sie hatte »ihren« Bauch vielleicht schon öfter anschauen lassen, verstand aber wohl die Doppeldeutigkeit.

Winter und Aichele waren inzwischen unterwegs nach Wilhelmsdorf. Sie wollten Frau Schneider einen Besuch abstatten. Winter fuhr, weil er sich hier besser auskannte. Die Landschaft war schön und friedlich, ab und zu ein paar Kühe auf einer Weide oder einige Pferde. Die Straße war so gut wie leer. Er hatte die kleinere Landstraße über Mörsingen und Ostrach genommen. Die Fahrt dauerte eine gute Stunde. Sie kamen durch viele kleine Dörfer, die fast unbelebt wirkten. Die Menschen waren alle bei der Arbeit, die Kinder in der Schule. Erst am späten Nachmittag würde hier wieder mehr los sein. Nur manchmal hatten sie einen Traktor vor sich oder eins dieser Milchtankfahrzeuge, die die Bauernhöfe anfuhren, um die Milch dort abzuholen. Wilhelmsdorf selbst sah auch ansprechend aus.

»Nett hier, da lässt es sich bestimmt gut leben«, sagte Aichele, und schaute wohlwollend auf die kleinen Straßen.

»Ja und freizeitmäßig ist hier auch einiges geboten, es gibt zum Beispiel einige Badeseen und zum ganz großen, dem Bodensee, ist es auch nicht weit. Oder mal nach Ravensburg. Auch eine sehr schöne Stadt«, antwortete Winter.

»Gut zu wissen. Wo müssen wir jetzt genau hin, wo wohnt die Schneider?«

»Im Rotachweg, das ist gleich neben dem Friedhof«, erklärte Winter.

Aichele seufzte auf.

»Scho wieder. Irgendwie lande ich immer auf dem Friedhof, das verfolgt mich langsam.«

Winter grinste.

»Knapp daneben diesmal, keine Panik.«

Er parkte das Auto am Straßenrand. Platz gab es hier genug. Das Haus des Ehepaares Schneider war alt, wie alle hier in der Straße. Neben der Haustür war das Praxisschild angebracht: Praxis für Naturheilkunde, Beate Schneider, Heilpraktikerin, stand darauf in großen Buchstaben. Allerdings in einer Art Schreibschrift in zartem Lila gehalten. Aichele schmunzelte in sich hinein.

Winter drückte auf den Klingelknopf. Kurze Zeit später öffnete sich die Tür und Frau Schneider stand ihnen gegenüber. Sie erkannte sie sofort. Etwas freundlicher war sie auch als bei ihrer ersten Begegnung im Friedwald.

»Na, wo fehlt's denn, meine Herren? Schickt die Polizei ihre Beamten lobenswerterweise nun zur Heilpraktikerin?«

»Leider nicht, Frau Schneider, wir sind, wie Sie sich denken können, beruflich hier. Können wir mit Ihnen noch einmal über Herrn Jakob reden?«

»Ein paar Minuten, in einer Viertelstunde hab ich einen Patiententermin. Kommen Sie doch rein.«

Sie folgten Frau Schneider in ein gemütlich eingerichtetes Sprechzimmer und nahmen ihr gegenüber Platz.

»Uns interessiert die Persönlichkeit von Herrn Jakob. Wir wissen gar nicht viel über ihn, außer, dass er ein guter Homöopath war und ziemlich zurückgezogen lebte mit seinen Tieren. Aber wie war er? Eher ruhig oder vielleicht aufbrausend? Wie war sein Verhältnis zu Frauen, hatte er eine Freundin, längere Beziehungen, enttäuschte Frauen? Wissen Sie etwas über Patienten, mit denen er Ärger hatte?«

»Über seine Patienten hat er nie geredet. Er hielt sich da mehr als strikt an seine Schweigepflicht. Und ich kenne auch nicht seinen ganzen Lebenslauf, er hat nicht viel über sich erzählt. Er war intelligent, manchmal zynisch, witzig, verspielt und hatte zu allem einen festen Standpunkt.

»Wie meinen Sie das?«, warf Winter ein.

»Naja, er konnte unheimlich gut reden und argumentieren und liebte es zu diskutieren. Es war schwierig, mit ihm mitzuhalten, er schaffte es eigentlich immer, das letzte Wort zu haben und redete einen an die Wand.«

»Und wie war das mit Ihnen beiden?«

Beate Schneider wurde merklich reservierter.

»Wir tauschten uns beruflich aus, wir redeten über Gott und die Welt, diskutierten , tranken manchmal einen Wein zusammen oder gingen ins Kabarett. Ich mochte Clemens, sehr sogar. Er hatte eine sehr positive Ausstrahlung und versprühte Lebenslust, war neugierig auf Menschen und das Leben insgesamt. Aber er war, glaube ich, kein Mann zum Festhalten. Und wie Sie sicher bereits wissen, ich bin verheiratet und wirklich nicht unglücklich. Es war eine Freundschaft, die eine Weile etwas intensiver war und nach einiger Zeit im Sande verlief. Jeder war mit seinem eigenen Leben mehr als beschäftigt und wir sahen uns immer weniger und dann gar nicht mehr«, erzählte Frau Schneider.

»Sie hatten also keinen Grund, Herrn Jakob irgendwie böse zu sein?«

»Ich hab ihn, wie gesagt, sehr gemocht und ich bin traurig über seinen Tod. Er wird mir sehr fehlen, auch wenn der Kontakt in letzter Zeit eingeschlafen war. Wir hatten eine Zeit lang eine Art lockere Beziehung. Sie wissen, ich bin verheiratet und mein Mann weiß nichts davon. Und so soll es bitte auch bleiben. Es hat mich viel Kraft gekostet, mich gefühlsmäßig von Clemens zu lösen, nachdem er mir den Laufpass gegeben hat.«

»Darf ich fragen, warum er das nach Ihrer Ansicht getan hat?«

»Das wüsste ich auch gern«, seufzte Frau Schneider.

»Es gab keinen richtigen Auslöser, es war wohl eher eine Disharmonie, zu verschiedenen Prioritäten. Vielleicht habe ich zu sehr versucht, ihn an mich zu binden. Zudem hat es ihm missfallen, eine Affäre zu haben, er ist keiner für eine heimliche Liebschaft.«

Es klingelte an der Haustür.

»Sie entschuldigen mich jetzt, meine Patientin ist da.«

Frau Schneider stand auf.

»Ja natürlich, danke für Ihre Zeit. Nur noch ganz schnell: Ihre Enttäuschung war nicht groß genug, um Jakob etwas antun zu wollen? Das ist, bitte verstehen Sie mich recht, nur eine Routinefrage«, sagte Aichele.

»Wo denken Sie hin! Irgendwie liebe ich ihn immer noch. Er fehlt mir sehr und hinterlässt eine Lücke, die nicht zu füllen ist. Aber es hätte keine Zukunft gehabt mit uns beiden, er ist – war – halt kein Mann zum Festhalten.«

Die beiden Männer verabschiedeten sich. Frau Schneider setzte ihr professionelles Lächeln auf, als sie die ältere Frau an der Türe begrüßte und ins Haus bat.

Winter und Aichele machten sich auf den Heimweg nach Hayingen. Sehr ergiebig war der Ausflug nicht gewesen, stellten sie einvernehmlich fest. Frau Schneiders Aussage erschien ihnen glaubwürdig, nur beim Ehemann wollten sie unauffällig nachhaken, ob der wirklich nichts von der Affäre seiner Frau wusste. Am frühen Nachmittag waren sie wieder im Gasthof Kreuz und trafen auf Zondler, der in der Gartenwirtschaft saß und dort gedankenverloren in einer großen Kaffeetasse rührte.

»Was gucksch denn so trübsinnig? Jetzt isch sie grad an halba Tag weg und scho versinkscht du im Jammertal?«, meinte Aichele und klopfte dem Kollegen aufmunternd auf die Schulter.

»Außerdem hosch du ja au no uns!«, sagte Aichele.

»Danke, des könnt aber au a Strof sei...«, meinte Zondler mit traurigem Blick.

Winter lachte und meinte, dass wolle er aber nicht gehört haben. Dann tauschten sie ihre Ergebnisse oder besser gesagt Nichtergebnisse aus. Winter wollte noch mal zu den Spenglers, nachschauen ob Nico inzwischen wieder aufgetaucht war.

War er nicht, wie sich dort herausstellte. Offensichtlich zog der junge Mann es vor, eine Weile im Untergrund zu bleiben. Winter machte sich deshalb nicht viele Gedanken, er schätzte Nico als harmlos ein. Einer der einen Haufen Quatsch machte und zielsicher jedes Fettnäpfchen traf. Und das sicher, seit er laufen konnte.

Anschließend schaute Winter noch auf dem Hof von Fritz Merkle vorbei. Ein Glück, dass der keine Tiere mehr hatte, die man versorgen musste. Der Rest war nicht sein Problem. Sicher waren schon Angehörige informiert, die sich um die Beerdigung und alles weitere kümmern würden. Gestern Abend hatten sie auch noch kurz über Jakobs Katzen geredet. Bisher hatte Jette nach ihnen geschaut, aber die war nun nicht mehr da. Mila hatte sich spontan angeboten, die Tiere zu sich zu nehmen, so war wenigstens dieses Problem gelöst.

Er sah sich kurz in Merkles Wohnhaus um. Alles erstaunlich ordentlich und sauber für einen Junggesellen. Im Kühlschrank lag noch etliches an Wurst, Käse und Fleisch. Merkle war wohl kein Kostverächter gewesen und speiste gerne üppig. Schade um die Sachen, aber mitnehmen konnte und wollte er sie natürlich auch nicht. Hoffentlich fand sich dafür noch jemand. Winter hasste es, wenn Lebensmittel weggeworfen und verschwendet wurden.

Das Schlafzimmer war nicht ganz so ordentlich. Das Bett war nicht gemacht und es lag auch ziemlich viel Kleidung auf dem Boden. Auf dem Nachttisch fand er zwei Zeitungen mit üppigen nackten Frauen. Aha, auch der alte Herr Merkle hatte wohl so seine Fantasien gehabt. Es sei ihm gegönnt, dachte Winter.

Die Wohnstube war insofern interessant, weil auf dem Fenstersims ein Fernglas griffbereit stand. Da hatte der Alte wohl seinen Beobachterposten gehabt und vom Fenster aus das Geschehen bei seinem ungeliebten Nachbarn verfolgt. Winter guckte durchs Glas und sah recht deutlich in die hintere Front von Jakobs Haus. Mehr aber auch nicht, allzu ergiebig konnte das Rumschnüffeln nicht gewesen sein.

Winter verließ das Haus, schloss ab und hinterließ eine Visitenkarte an der Tür mit dem Hinweis, dass sich der Hausschlüssel bei der Polizei befand. Schließlich würden bald Verwandte von Merkle das Haus betreten wollen.

Für heute war Feierabend. Er telefonierte noch kurz mit Zondler und sagte ihm, dass er heimfahren würde. Der saß immer noch mit Aichele an den Akten. Sie erledigten die schriftlichen Arbeiten und waren sich einig, dass die ganze Sache mehr als rätselhaft war.

Sie wussten rein gar nichts. Nicht, wer den Homöopathen erschossen hatte und warum. Und auch nicht, wer den Merkle auf dem Gewissen hatte. Sie hatten lediglich eine Hanfplantage gefunden – aber ob das mit Jakobs Tod zu tun hatte? Vielleicht, vielleicht aber auch nicht.

Und der Merkle, das sah eher nach einer Spontantat aus, weil er einen Eindringling in Jakobs Haus überrascht hatte. Was wollte der da? Sicher etwas ganz Bestimmtes suchen und verschwinden lassen. Also hatte Jakob brisantes Material über jemanden in seinen Schränken. Also doch die Spur eines Patienten?

Oder eher die Konkurrenz, etwa in Person von Doktor Seidler?

Dann war da noch der Ehemann von der Schneider. Eifersucht war von jeher ein starkes Motiv. Der Mann konnte sehr wohl wissen, dass seine Frau ein Verhältnis hatte. Allerdings war das laut ihrer Aussage schon eine ganze Weile beendet.

Zondler seufzte schwer. Das war ein Fall, der erst ganz einfach erschien und nun führten alle Wege in eine Sackgasse. Es ging einfach nicht weiter. Sie konnten nicht ewig in Hayingen bleiben. Schweren Herzens beschlossen er und Aichele, in den nächsten zwei Tagen ihre »Zweigstelle« hier abzubrechen und nach Esslingen zurückzukehren, falls sich nichts Neues ergeben sollte. Morgen wollten sie gemeinsam mit Winter alles noch einmal genau durchgehen.

Da es noch relativ früh am Abend war, begann Winter in seinem Garten daheim rumzuschaffen. Erst den Rasen mähen, dann hinten am Kompost Ordnung schaffen. Der musste mal umgeschichtet werden, es sah alles etwas verlottert und ungepflegt aus. Dabei stellte er fest, dass er ungebetene Gäste im Garten hatte. Wühlmäuse! Oder war es doch eher ein Maulwurf? Winter schaute sich den Hügel ganz genau an. Wie war das noch mal gewesen? Wühlmäuse haben flachere Hügel und einen seitlichen Eingang im Gegensatz zu Maulwürfen. Der Gang war auch relativ groß und es lagen noch einige Pflanzenreste drin. All das wies eher auf Wühlmäuse hin. Die waren eine richtige Plage und schwer wieder los zu werden, das wusste Winter. Sein Schwiegervater hatte Fallen für die Tiere, erinnerte er sich. Er beschloss, gleich noch hinzufahren und diese auszuleihen. Die Mädchen wollten nicht mit, sie saßen noch an den Hausaufgaben oder Bastelarbeiten.

Also fuhr er allein, es war ja nicht allzu weit und er würde bald wieder da sein. Oma Lehmann war alleine. Sie war in der Küche beim Abendessen richten und rührte grade Quark mit Kräutern an. Winter erzählte ihr von den Wühlmäusen und sie nickte bestätigend mit dem Kopf.

»O wei, das wird bestimmt eine längere Geschichte, die Viecher sind hartnäckig. Als ich jung war, da gab es für einen Wühlmausschwanz auf dem Rathaus fünfzig Pfennig. Ich hab die ja nicht gesammelt, aber die Bauern schon und die Buben aus dem Dorf. Ich weiß gar nicht, ob das heute auch noch so ist. Stell dir mal vor, du kommst mit zehn Mausschwänzen ins Bürgerbüro und legst sie dort auf den Tisch! Die Freude wird sich in Grenzen halten. Ach so, die Fallen, draußen im Geräteschuppen müssten die sein, irgendwo wird sie der Gottfried verkruschtelt haben. Sei so gut und schau selber, ich stier da nicht so gern rum. Er ist übrigens beim Baumarkt, irgendwas für den Garten besorgen. Müsste aber bald wieder da sein.«

Also ging Winter in den Gemüsegarten, wo der Schuppen in einer Ecke neben einem alten Holunderbusch stand. Die Tür war zu, aber unverschlossen. Im Häusle selber war es recht duster und Winter stand erst eine Weile da, um seine Augen an das Dämmerlicht zu gewöhnen. Als er wieder besser sehen konnte, ging er die Regale systematisch durch, aber offensichtlich in der falschen Reihenfolge. Es dauerte ziemlich lange, bis er auf die Wühlmausfallen stieß, die in einen alten Sack eingewickelt in der hintersten Ecke versteckt lagen. Daneben lag auch eine Anzahl Mausefallen. Sie erweckten sein Interesse, weil dahinter ein farbiges Papier hervorlugte, das ihn augenblicklich an etwas erinnerte. Und zwar an die Aktenordner in Jakobs Hängeregister, die waren genauso leuchtend blau. Neugierig geworden, räumte er die Mausefallen zur Seite und griff nach hinten. Und dann hielt er eine Akte in den Händen und vorne drauf stand der Name Gabi Lehmann.

Winter stand bewegungslos da und konnte erst mal gar nichts denken oder einordnen. So langsam setzten sich dann die Rädchen in seinem Hirn wieder in Bewegung, und zwar sehr widerwillig. Weil er nämlich nicht das denken wollte, was sich in seinem Kopf breitmachte: Wie kam die Akte aus Jakobs Haus hierher in den Schuppen seines Schwiegervaters? Was hatte Gottfried Lehmann damit zu tun?

Winter erinnerte sich wieder an das letzte Abendessen und daran, wie Gottfried über Jakob geschimpft hatte. Das war schon öfter so gewesen und er wusste, dass Gabis Vater dem Homöopathen eine große Mitschuld an ihrem Tod gab. Aber er war ein alter Mann und Winter kannte ihn nur als friedfertigen Menschen. Konnte er den Jakob so gehasst haben? Und wie sollte das eigentlich alles passiert sein?

Winter beschloss, sehr vorsichtig ans Werk zu gehen und den Schwiegervater nicht sofort mit seinem Verdacht zu konfrontieren. Es wäre auch zu entsetzlich! Die arme

Oma Lehmann, seine armen Mädels! Nach dem Tod der Mutter schon wieder ein Familiendrama. Das Ganze schien ihm undenkbar, aber als Polizeibeamter wusste er auch, dass alles möglich war und er hatte schon Gäule vor der Apotheke kotzen sehen, wie das alte Sprichwort sagt.

Er räumte alles wieder so ein, wie es gewesen war, auch die Akte, damit Gottfried keinen Verdacht schöpfte. Dann nahm er die Wühlmausfallen und verließ den Geräteschuppen. Die Fallen brachte er gleich zum Auto und legte sie in den Kofferraum. Dann ging er noch mal kurz ins Haus, um sich von Oma Lehmann zu verabschieden. Gottfried war noch nicht zu Hause und Winter wollte ihm jetzt auch nicht begegnen, daher machte er, dass er fort kam. Auf der Landstraße kam ihm Gottfried Lehmann dann entgegen und beide hoben grüßend die Hand, hielten aber nicht an.

Lehmann fragte daheim natürlich, ob sie Besuch vom Schwiegersohn gehabt hätten und seine Frau erzählte ihm ausführlich von der Wühlmausplage und dass Udo sich ihre Fallen ausgeliehen habe. Gottfried zog misstrauisch die Augenbrauen nach oben und hielt leicht die Luft an. Er sagte nichts dazu, ging aber kurz darauf raus und verschwand im Schuppen. Dort suchte er die Regale genau ab, fand sie aber unverändert und auch der blaue Ordner war noch an derselben Stelle hinter den Mausefallen. Grade noch mal gut gegangen dachte er. Ganz sicher konnte er sich nicht sein, aber er hoffte doch, dass Udo nur Augen für die Wühlmausfallen gehabt hatte. Aber er würde sich etwas überlegen müssen. Wahrscheinlich war es an der Zeit, demnächst ein Feuer im Garten zu machen und die Gartenabfälle zu verbrennen. Mit diesem Gedanken ging er zurück ins Haus und setzte sich an den gedeckten Vespertisch. Die Kartoffeln mit Kräuterquark schmeckten lecker, aber irgendwie war er mit den Gedanken etwas abwesend und stiller als sonst. Sogar seiner Frau fiel das auf.

Peter Zondler hatte nicht besonders gut geschlafen. Es lag sicher an dem leeren Bett neben ihm. Jette fehlte ihm ganz fürchterlich und er dachte, wie schnell man sich doch an die Anwesenheit eines Menschen gewöhnt. Vor allem wenn es so eine angenehme Anwesenheit ist. Abends noch eine Weile reden und sich in den Arm nehmen, morgens zusammen aufwachen und die Wärme spüren. Das war umso vieles besser als alleine zu leben!

Er setzte sich an die Bettkante und suchte mit den Füßen seine Hausschlappen, die er erst kürzlich hier in Hayingen gekauft hatte. Für die Wanderung hatte er so einen Luxus nicht eingepackt, aber hier im Hotel wollte er doch was an den Füßen haben. Ihm graute immer vor den Teppichböden, weil er sich Abermillionen von Kleinstlebewesen darin vorstellte, die dort lebten. Endlich hatte er die Latschen unterm Bett hervorgeangelt. Er stand auf und ging ins Bad. Schon wieder rasieren. Auch das war lästig, vor allem weil es ihm so vorkam, dass mit den Jahren der Bart immer mehr sprießte und überhaupt die Körperpflege mehr Zeit erforderte als in jungen Jahren. Er seifte sein Gesicht ein und nahm den Rasierer zur Hand. Nachdem das zu seiner Zufriedenheit und ohne Verletzungen erledigt war, stieg er noch in die Duschwanne und brauste sich ab.

Es war wirklich Zeit, bald heimzufahren, die Kleider wurden mehr als knapp. Manches hatte er zwar seither von Hand ausgewaschen, aber irgendwann ist Ende und das Zeug brauchte mal eine Waschmaschine. Er zog ein ziemlich zerknittertes Hemd an und seine Jeans für alle Gelegenheiten. Dann ging er zum Frühstück rüber in den Gastraum. Aichele saß schon da mit einem Teller Rührei und Speck.

Zondler bestellte das gleiche. Heute war ihm einfach danach. Er hatte zusammen mit Jette das Frühstück immer sehr gesund zusammengestellt. Mit Quark und Früchten, etwas Käse oder auch mal Eiern. Aber heute gelüstete es ihn definitiv nach Speck, und zwar in größerer Menge! Den ließ er sich dann auch so richtig schmecken. Aichele verfolgte den Schmaus mit amüsierten Augen und dachte sich das seine. Kaum ist Jette außer Sichtweite, kommen die alten Gewohnheiten wieder herausgekrochen. Aber er sagte nichts, erstens ging es ihn nichts an und zweitens hatte er volles Verständnis für Zondler.

Als beide beim letzten Kaffee waren, erschien Winter. Der war auch nicht besonders gut aufgelegt, das sah man auf den ersten Blick. Schweigend setzte er sich an den Tisch zu seinen Kollegen.

»Und? Was machen wir jetzt?«, fragte Aichele.

»Wir fassen alles noch mal zusammen, schreiben dann Kärtle mit unseren Verdächtigen, mischen sie und einer darf dann ziehen. Und der oder die war's dann«, meinte Peter Zondler.

»So schlimm ist es? Die Idee ist an sich nicht schlecht, bleibt allerdings das Problem mit dem Schuldnachweis. Wenn wir schon einen Sündenbock ausmachen, dann brauchen wir auch wenigstens ein überzeugendes Motiv und stichhaltige Beweise. Der Staatsanwalt lacht sich sonst tot«, meinte Aichele.

Winter schwieg noch immer und schaute abwesend in die Ferne.

»He, was isch mit dir heut los?,« stupste ihn Aichele an.

Winter schreckte zusammen und guckte die zwei Kollegen verständnislos an.

»Was meint ihr? Hab ich was verpasst? Entschuldigung, ich war mit den Gedanken woanders«, stammelte der Kommissar.

»Das hat man gesehen, du schaust heut aus wie ein Ochs, wenn's donnert.«

»Kuh heißt des, net Ochs. Und außerdem blitzt es.«

»Der Winter ist aber koi Kuh, sondern er kann höchstens ein Ochs sein, deshalb hab i Ochs gsagt«, erklärte Zondler.

»Also manchmal bisch du wirklich ein richtiger Griffelspitzer«, grinste Aichele.

Winter hatte das Streitgespräch zwar verfolgt, aber keine Miene dabei verzogen, was sehr seltsam war. Normalerweise hätte er das Ganze komisch gefunden, aber heute war ihm kein Lächeln zu entlocken. Er hatte die ganze Nacht gegrübelt, wie er das mit seinem Schwiegervater regeln könnte, ohne die Sache offiziell zu machen und seine Familie mit reinzuziehen. Es ging einfach nicht. Wenn der Gottfried was damit zu tun hatte, dann blieb ihm nur, reinen Tisch zu machen. Soweit war er inzwischen mit seinen Gedankengängen gekommen. Blieb noch die Frage der Vorgehensweise. Er beschloss, sich den Kollegen anzuvertrauen. Die Wahrheit ist immer noch der beste Weg, dachte er sich.

»Hört mal zu, ich bin gestern auf etwas Wichtiges und für mich sehr Unerfreuliches gestoßen«, begann er. Dann erzählte er den beiden erst von der Wühlmausplage daheim, seinem Besuch bei den Schwiegereltern und dem darauffolgenden brisanten Fund im Geräteschuppen.

»Die Akte hab ich erst mal dort gelassen, damit mein Schwiegervater nicht gewarnt ist. So im Nachhinein fällt mir manches Gespräch ein, in dem er fürchterlich über Jakob geschimpft hat. Aber wer denkt sich schon was bei einem alten Mann? Also, wenn er den Jakob echt auf dem Gewissen hat, ich weiß gar nicht, was dann werden soll!«

»Jetzt mal langsam. Vielleicht ist es gar nicht so schlimm. Du hast nur die Krankenakte deiner Frau gefunden. Die hat er wohl entwendet, heißt aber noch lange nicht, dass er den Jakob erschossen hat, oder?«

»Aber den Merkle wahrscheinlich totgeschlagen, weil der ihn überrascht hat«, seufzte Winter.

»Was noch zu beweisen ist. Und du weißt ja auch noch, dass der an Herzversagen gestorben ist. Du bist auf jeden Fall jetzt raus aus den Ermittlungen, das ist klar, oder? Wir halten das mal ganz klein und inoffiziell und schauen uns deinen Schwiegervater genauer an. Weißt du, ob er ein Gewehr hat?«, fragte Zondler.

»Nein, weiß ich nicht definitiv, aber es könnte durchaus sein. Die Alten auf dem Land haben doch fast alle irgendwo einen Schießprügel rumstehen.«

»Da werden wir uns als Erstes drum kümmern. Aichele, du rufst die Wiesner an, die soll sich nach einem Waffenschein von Gottfried Lehmann erkundigen. Und dann werden wir mal vorsichtig mit der Befragung beginnen«, meinte Zondler.

»Dann werd ich wohl wieder in mein Hauptquartier nach Reutlingen zurückfahren und mich mit den Tagesgeschäften befassen. Aber seid bitte rücksichtsvoll und haltet mich auch auf dem Laufenden. Der Gottfried wird sowieso gleich bei mir anrufen, sobald die Polizei bei ihm auftaucht und mich um Hilfe bittet. Das ist eine saublöde Situation!«

Eine halbe Stunde später rief Frau Wiesner aus Esslingen zurück, dass es auf den Namen Gottfried Lehmann keine Lizenz für eine Waffe gäbe, aber was hieß das schon? Rein gar nichts. Die Kriminalbeamten setzten sich ins Auto und machten sich auf den Weg nach Indelhausen zu den Lehmanns. Frau Lehmann war nicht zu Hause, was vielleicht ganz gut war. Gottfried Lehmann war dabei, ein Gemüsebeet für die Aussaat von Bohnen vorzubereiten und schaute unwillig hoch, wer ihn dabei stören wollte. Was er sah, gefiel ihm gar nicht. Wieso tauchten die zwei Polizeibeamten bei ihm auf? Sie hatten sich formell ausgewiesen. Er bat die Herren an den Gartentisch und alle drei setzten sich.

»Was verschafft mir denn die Ehre? Und wo ist überhaupt der Dritte in Ihrem Bunde, mein Schwiegersohn?«, fragte Gottfried Lehmann.

»Der ist zurück nach Reutlingen gefahrem, er hat dort dringende Arbeiten zu erledigen. Herr Lehmann, wir überprüfen grade routinemäßig alle Angehörigen von Patienten, denen Herr Jakob leider nicht mehr helfen konnte. Nun haben wir erst kürzlich erfahren, dass Ihre Tochter Gabi auch dazugehört hat. Was uns sehr, sehr leidtut. Herr Winter hat uns erst vor ein, zwei Tagen darüber informiert, dass sie unter dem Namen Gabi Lehmann bei Jakob geführt wurde. Deshalb ist uns das nicht gleich aufgefallen. Tja, und nun hat der Herr Winter festgestellt, dass die Krankenakte Ihrer Tochter nicht mehr aufzufinden ist.«

Zondler legte eine Pause ein. Aichele schwieg und auch Lehmann sagte kein Wort.

»Finden Sie das nicht auch seltsam, Herr Lehmann? Vielleicht können Sie sich vorstellen, wo der Ordner verblieben ist? Wir sehen da einen Zusammenhang mit dem Totschlag von Fritz Merkle. Der hat, so wie es aussieht jemanden überrascht, der in Jakobs Praxis zugange war und dort höchstwahrscheinlich die Unterlagen von Ihrer Tochter entwendet hat. Aber weshalb? Wer könnte da ein Interesse daran haben?«

Wieder legte Peter Zondler eine Pause ein, in der Hoffnung, dass Gottfried Lehmann etwas dazu sagen würde. Der räusperte sich und murmelte dann:

»Keine Ahnung. Ich meine, es war ja bekannt, dass Gabi in den letzten Wochen bei dem Homöopathen um Hilfe suchte. Statt, dass der sie wieder ins Klinikum schickte, hat er rein gar nichts gemacht. Vielleicht fehlen auch noch andere Krankenakten und Sie wissen noch gar nichts davon. Ich könnte mir vorstellen, dass jemand versucht, die Fehler von Jakob zu verheimlichen und deshalb hat dieser jemand die Akten gestohlen«, versuchte Lehmann eine Erklärung.

»Interessanter Gedanke«, sagte Zondler, »das werden wir auf jeden Fall verfolgen. Sie sind also wirklich davon überzeugt, dass bei Ihrer Tochter Fahrlässigkeit vorliegt?«

In Lehmanns Augen sah man förmlich den Hass aufglühen. Er bemühte sich auch gar nicht, diesen zu verbergen und wurde laut.

»Das ist ein Scharlatan gewesen! Dem musste dringend das Handwerk gelegt werden, sicher hatte er schon viele auf dem Gewissen!«

»Und wer sollte das tun? Sie, Herr Lehmann? Als Rächer Ihrer Tochter?«

»Das hab ich mehr so allgemein gemeint. Sehe ich so aus, als ob ich nachts im Wald rumgeistere und Leute abknalle?«

»Das grad nicht, aber möglich ist alles. Sagen Sie mal, Herr Lehmann, haben Sie ein Gewehr?«, fragte Zondler nun direkt.

»Nein, hab ich nicht. Und ich verbitte mir das jetzt, Sie können mir nichts anhängen!«

»Also gut. Wenn Ihnen noch was einfällt, Sie wissen ja, an wen Sie sich wenden können«, beendete Zondler die Unterhaltung.

Er und Aichele standen auf. Sie verließen den Garten und stiegen ins Auto. Lehmann sah ihnen mit unbewegter Miene nach. Kaum war der Wagen verschwunden, ging er zum Geräteschuppen und versicherte sich, dass die Akte noch gut versteckt war. Er würde endlich etwas unternehmen müssen, aber was? Das musste gut durchdacht sein.

Wir müssen ihn im Auge behalten. Falls er ein Gewehr hat, wird er es demnächst verschwinden lassen und die Akte genauso«, sagte Zondler.

Sie hatten hinter der nächsten Kurve angehalten und besprachen sich. Die Reaktion des alten Mannes auf die Fragen der beiden Kriminalbeamten hatte sie nachdenklich gemacht. Beide spürten, dass hier etwas nicht stimmte. Andererseits konnten sie seinen Schmerz verstehen und vielleicht erklärte sich daraus auch die eher heftige Reaktion Lehmanns.

»Ja, das wird sicher bald passieren – falls er es war. Vielleicht müssen wir den Winter noch dazu anstacheln, die Krankenakte aus dem Schuppen zu holen, immerhin darf er da rein im Gegensatz zu uns. Wenn wir eine Durchsuchung durchführen, wird es gleich hochoffiziell. Was meinst du, irgendwie wirkt er doch wie ein ganz normaler älterer Herr. Ob der sowas fertigbringt?«

»Warum nicht? Du weißt ja, wir können in keinen reinschauen, und wenn der Hass groß genug ist, dann ist fast alles möglich. Er hat sich vorhin ja schon ziemlich reingesteigert. Leid täte es mir schon, denn Kollege Winter hätte dann ein Riesenproblem. Und das noch zusätzlich zum Tod seiner Frau.«

Zurück im Gasthof Kreuz telefonierte Zondler lange mit Winter und erzählte ihm alles haarklein von ihrem Besuch bei seinem Schwiegervater. Auch, dass Winter die Akte beschaffen sollte, kam zur Sprache. Winter willigte ein, sie in derselben Nacht zu holen. Sie hofften, dass Lehmann das Beweisstück nicht schon in den Ofen gesteckt hatte. Ein Gewehr hatte Winter noch nie im Lehmannschen Haus gesehen, aber er wusste, dass Gottfried ein guter Schütze war. Auf jeder Kirmes hatte er immer die schönsten Rosen für seine Frau geschossen. Es würde ihm wohl nichts anderes übrig bleiben, als nach einer Waffe zu suchen, sobald Oma und Opa Lehmann mal längere Zeit nicht im Haus waren. Das war zwar nicht die feine Art, aber immer noch besser, als ihn grundlos zu verdächtigen. Winter versprach schweren Herzens, sich alsbald mit den Ergebnissen seines Schnüfflereinsatzes zu melden.

Zondler und Aichele schlossen die Tür des Nebenzimmers und setzten sich in der Gaststube auf ihren Stammplatz. Frau Eisele brachte ihnen schon gar keine Karte mehr, die kannten sie nach zwei Wochen auswendig. Sie fragte, auf was sie Appetit hätten und Herr Eisele bereitete ihnen das frisch zu. Heute waren allerdings noch Krautwickel von der Mittagskarte übrig und Zondler nahm das erfreut zur Kenntnis. Auch wieder so ein Gericht, das man nur noch selten in der Wirtschaft bekam. Zusammen mit Salzkartoffeln absolut köstlich! Nach einem Feierabendbier zog sich jeder in sein Zimmer zurück. Zondler streckte sich gemütlich auf dem Bett aus, nicht ohne vorher den Gürtel lockerer zu machen und den obersten Hosenknopf zu öffnen. Es waren dann doch zwei Krautwickel geworden, die brauchten Platz. Dann schnappte er sich das Telefon und rief Jette an. Sie war schon zu Hause und hatte ihren ersten Arbeitstag hinter sich.

»Na Herr Kommissar, was gibt es Neues? Habt ihr was erreicht? Wie geht's Aichele und Winter? Und was macht Frau Eisele? Und vermisst du mich überhaupt?«

»So viele Fragen! Fast nichts haben wir erreicht, den beiden geht es gut und Frau Eisele ist traurig, weil sie niemanden zum Schwätzen hat. Und ich, ich vermisse dich ganz fürchterlich! Ehrlich! Das Zimmer ist so leer, das Bett sowieso und niemand schnarcht neben mir.«

»Wer schnarcht? Wenn einer schnarcht, dann ja wohl du! Aber weißt du was, mir fehlst du auch und das gemütliche Brummen ganz besonders.«

Eine Weile sagte keiner von beiden etwas, man konnte die Sehnsucht fast mit den Händen greifen.

»Es hilft nichts, wir müssen das hier zu Ende bringen. So was von kompliziert aber auch. Wenn wir jetzt genau wüssten, ob der Gottfried Lehmann …«

Zondler erzählte Jette von dem Besuch heute bei Lehmanns, der versteckten Akte und was da eventuell ans Licht kam.

»Der arme Winter, das ist ziemlich heftig, wenn es so kommen sollte«, sagte Jette.

Sie redeten noch eine Weile weiter, Jette wollte alles aus Hayingen wissen, auch, was es zum Abendessen gegeben habe. Zondler gab bereitwillig Auskunft, verschwieg aber einen der zwei Krautwickel. Warum wusste er eigentlich auch nicht, wahrscheinlich genierte er sich etwas für seine Gefräßigkeit. Dann legten sie auf. Zondler verschwand im Bad und wenig später im Bett. Zum Fernsehgucken hatte er keine Lust, lieber schlafen, damit er morgen wieder fit war.

Der Kollege Aichele war zwar noch wach, aber auch sein Abend verlief nicht so wie erträumt. Mila hatte keine Zeit. Eigentlich wollten sie heute etwas unternehmen, in eine Kneipe auswärts, aber dann musste sie plötzlich eine Nachtschicht einlegen. In Hayingen war irgendeine bekannte Persönlichkeit gestorben und für die Beisetzung waren mehrere Kränze und Blumengestecke bestellt. Die mussten fertig werden und so wurde nichts aus der Abendplanung. Es sah so aus, als ob es nicht nur in seinem Job Schwierigkeiten mit einem pünktlichen Feierabend gab. Also blieb er auf seinem Zimmer und schaltete die Kiste ein. Lustlos zappte er hin und her und blieb dann bei einem uralten Krimi hängen, bis ihm die Augendeckel runterfielen.

Es war erst elf Uhr und Winter stand vom Gebüsch verborgen vor dem Haus seiner Schwiegereltern. Es brannte noch Licht und er wartete darauf, dass es endlich ausging, damit er sich in den Schuppen schleichen konnte. Vorher traute er sich nicht. Es könnte ja sein, dass dem Gottfried noch was einfiel, was im Garten zu erledigen sei. Also verhielt er sich still. Nach gefühlt einer Stunde – in Wirklichkeit waren es grade mal zwanzig Minuten gewesen – ging das Licht im Schlafzimmer aus und alles lag im Dunkeln. Na endlich! Er wartete noch weitere zehn Minuten und betrat dann den Garten, wobei er darauf achtete, immer schön im Schatten zu bleiben. Die Tür des Schuppens war wie üblich unverschlossen und quietschte auch nicht, als er sie öffnete. Bei Gottfried Lehmann quietschten keine Scharniere, da war alles immer top in Ordnung und wohlgeschmiert.

Winter zog die Tür hinter sich zu und nahm seine Minitaschenlampe aus der Jackentasche. Sie gab nur ein winziges Licht, das kaum zu sehen war. Gut, dass er wusste, wo er suchen musste und so griff er zielsicher hinter die Mausefallen und spürte dort auch die Akte. Glück gehabt! Gottfried hatte noch keinen Verdacht geschöpft und sie nicht beseitigt. Winter nahm nur die weißen Blätter aus dem Ordner und legte die dünne Mappe wieder an ihren Platz. Vielleicht fiel Lehmann der Diebstahl dann vorläufig gar nicht auf. Er faltete die Schriftstücke und steckte sie in seine Jackentasche, machte die Lampe aus und lugte vorsichtig aus dem Schuppen. Alles ruhig. Schnell, aber behutsam verließ Winter den Garten und ging zu seinem Wagen, den er ein gutes Stück außer Sichtweite geparkt hatte.

Alles war ruhig. Ganz Indelhausen schlief wohl bereits. Hier auf dem Land ging man früh zu Bett und stand auch früh wieder auf. Man begegnete höchstens mal einem Hund, der noch mal schnell raus musste und dessen Herrchen oder Frauchen. Niemand sah ihn, als er sein Auto aufschloss und durch die stillen Straßen Richtung Wasserstetten fuhr. Es war eine richtig schöne Nacht, sternklarer Himmel und ein sanftes Licht umgab den Mond. Winter war schon wieder wehmütig zumute.

Herr und Frau Lehmann waren fertig mit dem Frühstück. Wie jeden Morgen hatte es eine Grapefruit gegeben, dazu Toast und selber gemachtes Erdbeergsälz. Ilse Lehmann räumte den Tisch ab und ärgerte sich wieder einmal über das Gekrümel ihres Mannes. Vielleicht sollte ich ihm eine Salatplatte als Teller hinstellen dachte sie. Wie kann man nur so viel Sauerei um sich rum machen, wenn man doch einen Teller hat? Aber das war nun seit über vierzig Jahren so. Sie hatte wenig Hoffnung, daran noch etwas zu ändern. Ihren Mann störte das überhaupt nicht, der las hingebungsvoll den Wirtschaftsteil der Zeitung und gab regelmäßig einen Kommentar dazu ab. Ilse hörte nur mit einem halben Ohr hin, sie hatte anderes im Kopf.

»Gottfried, wir fahren heut nach Riedlingen. Der Gutschein, den wir von den Kindern bekommen haben, verfällt sonst, der ist schon zwei Jahre alt. Jetzt oder nie! Und keine Ausrede, wenn wir erst mal dort sind, wird es dir schon gefallen.«

Er wusste, um was es ging. Es war ein Einkaufsgutschein und Ilse nörgelte schon ewig an seiner alten Cordhose herum. Die war zwar ein wenig platt gesessen und an manchen Stellen irgendwie farblos aber ansonsten tadellos. Jedenfalls sollte eine neue Hose her, und zwar schon lange. Und ja, der Gutschein war längst fällig und war von den Kindern gut gemeint gewesen. Er hasste es, einkaufen zu gehen, stand im Laden wie ein Kleiderständer, während seine Frau und die Verkäuferin ihn begutachteten und über seine Figur sprachen, als sei er irgendein Ding. Andererseits musste er sich nicht groß kümmern und wurde alle paar Jahre neu eingekleidet. Gottergeben und friedlich, wie es seinem Namen entsprach, fügte er sich also und ging mit Ilse nach oben um etwas halbwegs Ordentliches anzuziehen. Eine halbe Stunde später machten sie sich auf den Weg. Frau Lehmann dachte noch daran, ihren Schwiegersohn zu informieren, damit der sich keine Sorgen machte, falls er sie erreichen wollte. Sie würden sicher erst am späten Nachmittag zurückkommen. Winter wünschte ihnen viel Spaß und sie sollten den Tag nur ausgiebig genießen und auch schön essen gehen.

Frau Lehmann konnte nicht wissen, dass der Ausflug für Winter geradezu eine Einladung war, sich das leer stehende Haus vorzunehmen. Er würde ganz sicher nicht gestört werden bei der Suche nach einer Waffe. Und ins Haus konnte er sowieso jederzeit, schließlich hatte er einen Zweitschlüssel.

Er rief kurz bei Zondler an und sagte, dass er heute das Anwesen von seinem Schwiegervater durchsuchen wolle, vielleicht wollte Zondler ja mitkommen. Dieser überlegte kurz. Ja, vielleicht wäre es besser, zu zweit zu sein, schon weil Winter offiziell nichts mehr mit dem Fall zu tun hatte. Andererseits war es auch kein genehmigter Durchsuchungsbeschluss. Also doch besser zurückhalten und sich auf Winter verlassen, fragte er sich. Der würde schon nichts verheimlichen, hoffte Zondler, sonst hätte er ihnen überhaupt nichts von der gefundenen Krankenakte bei Lehmann erzählen müssen.

»Geh du nur allein, und wenn du was findest, dann melde dich«, sagte er also zu Winter.

»Okay, dann mach ich mich mal auf den Weg«, antwortete Winter am anderen Ende der Leitung.

Die Schwiegereltern waren längst weg, als Winter in Indelhausen ankam, und er hatte freie Bahn. Er ging systematisch das ganze Haus durch vom Keller bis zum Dachboden. Was man da so alles fand! Grundsätzlich war Ilse eine überaus ordentliche Hausfrau, aber es hatte sich doch sehr viel angesammelt über die Jahrzehnte. Vor allem Erinnerungsstücke, teilweise noch Spielsachen von Gabi, dann natürlich jede Menge selbst gebastelte Geschenke seiner Mädchen zu Weihnachten oder Geburtstagen. Alte Sport- und Fitnessgeräte, die man in einer kurzfristigen Euphorie angeschafft und dann so gut wie nie benutzt hatte. Und jede Menge Kleider, die irgendwann mal wieder modern werden würden, dann aber nicht mehr passten.

Wo würde Gottfried ein Gewehr verstecken können, ohne dass Ilse es fand? Das musste schon ein sehr sicheres Versteck sein, davon war Winter überzeugt. Ehefrauen haben einen siebten Sinn für Geheimnisse. Ganz oben unterm Dach standen auch noch jede Menge Umzugskartons mit alten Vorhängen, Steuererklärungen, ausrangierten Lampen und solchen Dingen. Er hatte überhaupt keine Lust, das alles durchzuwühlen, aber es musste wohl sein. Polizeiarbeit war gründlich. Er fing mit dem ersten Karton an und fand nichts außer alten Stoffen. Als er ihn wieder an seinen Platz schob, fiel ihm ein etwas hervorstehendes Dielenbrett auf. Er sah sich das genauer an und registrierte, dass hier im Umkreis von drei Quadratmetern so gut wie kein Staub lag im Gegensatz zur restlichen Dachkammer. Das war doch merkwürdig. Das Brett ließ sich mit etwas Mühe und mithilfe seines Taschenmessers lösen und er legte es zur Seite. Darunter war ein circa dreißig Zentimeter tiefer Hohlraum in der Länge des Bretts, abgedeckt mit einem Stück grauen Filz. Winter fasste den Stoff an einem Eck und zog ihn zur Seite. Und da lag es. Das Gewehr. Seine schlimmsten Befürchtungen wurden wohl wahr und Winter seufzte tief auf. Er zog sein Smartphone hervor und machte Bilder vom Gewehr und der Umgebung. Dann benachrichtigte er Zondler.

Gottfried Lehmann ahnte inzwischen noch nicht, was sich da über ihm zusammenbraute. Er stand mit Ilse in einem Herrenbekleidungsgeschäft und probierte die sechste Hose an.

»Dreh dich mal. Nein andersrum. Und steh doch mal ordentlich, du siehst ja total zusammengesackt aus, wie ein Trauerkloß. Was meinen Sie?«, fragte sie dann an die Verkäuferin gewandt.

»Nicht schlecht, aber ein wenig zu eng um den Bauch, vielleicht doch eine Nummer größer?«

»Ja, vielleicht. Da siehst du mal, wie du zugelegt hast

im letzten Jahr. Jetzt passt die die seitherige Größe nicht mehr.«

Schuldbewusst zog Gottfried den Bauch ein, aber das nützte auch nichts. Ach, was war seine alte Cordhose doch gemütlich! Er hoffte, sie vor dem Altkleidersack retten zu können. Die Verkäuferin brachte Hose Nummer sieben und die passte endlich so, dass Ilse zufrieden war. Ihm war das Ganze relativ wurscht, Hauptsache, es zwickte nirgends.

Endlich standen sie an der Kasse und bezahlten. Es war einiges zusammengekommen, zwei neue Hosen, drei Hemden, ein Gürtel und fünf Paar Socken. Das reichte jetzt wieder für ein paar Jahre. Gottfried nahm die große Tüte und sie verließen das Geschäft.

»So, und jetzt gehen wir essen, das haben wir uns verdient«, sagte Ilse zufrieden. Ihr Mann sah das genauso und so steuerten sie eine der alten Wirtschaften in Riedlingen an, wo es noch gute schwäbische Hausmannskost gab. Bei einem Rostbraten mit Bratkartoffeln besserte sich Gottfrieds Laune erheblich. Ilse hatte anschließend auch noch einige Besorgungen zu machen. Von Drogeriemarkt über Kurzwaren war alles dabei und so wurde es wirklich später Nachmittag, bevor sie sich auf die Heimfahrt machten.

Als Zondler den Anruf von Winter erhielt, dass dieser das Gewehr gefunden hatte, rollte natürlich der Polizeiapparat an. Die Spurensicherung wurde angefordert und machte sich kurze Zeit später auf dem Dachboden ans

Werk. Das Gewehr nahmen sie mit, ebenso die Patronenschachteln und den Filz, der zur Abdeckung benutzt worden war.

Als das Lehmannsche Auto in die Einfahrt bog, saßen Zondler und Winter auf der Terrasse. Winter war mehr als mulmig zumute. Auch Gottfried Lehmanns Gesichtsausdruck verfinsterte sich, als er sah, wer da offensichtlich auf ihn wartete. Nur Ilse ahnte noch nichts und wunderte sich nur.

»Nanu, was machen die denn da? Udo hat doch gewusst, dass wir weg sind. Und der andere, wer ist das noch mal?«, fragte sie ihren Mann.

Der schwieg. Er beobachtete die Kriminalbeamten und machte sich seine Gedanken. Was machten die in ihrem Haus. Hatte sein Schwiegersohn die Akte doch gefunden? Was war mit dem Gewehr, war es sicher auf dem Dachboden? Sicher vor Ilse schon, aber sicher vor einer Durchsuchung von der Polizei?

»Der Zondler, von der Kripo«, quetschte Lehmann schließlich zwischen den Zähnen hervor.

»'S wird doch nix passiert sein mit den Kindern! Und was ist mit dir, ist dir nicht gut, du bist so käsig?« Frau Lehmann wurde sichtlich ängstlicher.

»Noi, noi, älles guat. Mir stinkt des bloß, dass sich die hier rumtreibet, als ob se dahoim wäret!«

Sie fuhren in die Garage und stiegen aus. Zondler stand auf und ging ihnen entgegen. Frau Lehmann ging auf die Kriminalbeamten zu.

»Udo, ist was mit den Kindern? Ich bin ganz beunruhigt!«, rief sie schon von Weitem.

»Nein, nein, alles in Ordnung, es ist eher dienstlich. Wir müssen mit Gottfried reden«, antwortete Winter schnell.

»Gott sei Dank!«

Zondler war inzwischen bei Lehmann angekommen und fragte, ob er ihn wohl sprechen könne, wenn möglich alleine. Frau Lehmann sah zwar etwas irritiert aus, zog sich dann aber mit den Einkaufstüten ins Haus zurück. Nicht ohne vorher noch etwas zu trinken anzubieten, was aber dankend abgelehnt wurde.

Die drei Männer setzten sich an den Gartentisch.

»Herr Lehmann, ich muss Ihnen leider mitteilen, dass wir in Ihrem Haus ein verstecktes Gewehr gefunden haben, und davon ausgehen, dass es die Tatwaffe sein könnte, mit der Jakob erschossen wurde. Außerdem war in Ihrem Schuppen die verloren gegangene Krankenakte Ihrer Tochter Gabi hinter einem Regal mit Mausefallen versteckt. Möchten Sie sich dazu äußern?«, fragte Zondler den alten Mann.

Lehmann hatte den Kopf gesenkt und sagte lange Zeit nichts. Dann sah er Winter an.

»Bist du ins Haus und hast rumgesucht, solange wir nicht da waren?«, fragte er seinen Schwiegersohn.

Winter nickte bedrückt und sagte, es täte ihm leid, aber es hätte nun mal sein müssen. Lehmann war wieder längere Zeit ruhig.

»Ja, du hast recht. Es ist Zeit alles aufzudecken. Ich bin ein alter Mann und hab keine Kraft mehr für dieses Versteckspiel«, sagte Lehmann mit müder Stimme, »nehmt mich mit und steckt mich in eine Zelle. Nur für die Ilse musst du bitte sorgen, Udo, die hat mit dem allen nichts zu tun. Versprichst du mir das?«

»Mach ich, Gottfried. Natürlich kümmere ich mich um die Oma. Aber jetzt bereden wir das Ganze erst einmal, vielleicht wird es auch nicht so schlimm.«

»Ich glaub doch. Sollen wir hier reden oder fahren wir gleich in euer Hauptquartier?«

»Hier. Möchten Sie, dass wir einen Anwalt anrufen, Herr Lehmann?«

»Nein, vorerst nicht. Ich sag, was zu sagen ist, dann sehen wir weiter.«

Damit setzte er sich etwas aufrechter hin und fing an zu erzählen. Er erzählte, dass er den Jakob erschossen habe, zwar nicht geplant, aber es kamen ein paar Zufälle zusammen. Er habe einen solchen Hass auf den Homöopathen gehabt, dass ihm einfach die Sicherung durchgeknallt sei.

»Ich war auf dem Weg nach Herbertingen und wollte das Gewehr zur Inspektion bringen. Das alte Ding lag lange auf dem Speicher rum und ist mir beim Räumen in die Finger geraten. Wir sind grade eine wenig am Ausmisten, damit unsere Erben nicht so viel Arbeit mit dem Haus haben, wenn wir mal nicht mehr sind. Ich dachte mir, entweder das Gewehr verkaufen oder auf Vordermann bringen lassen und deshalb hab ich es an dem Tag eingepackt und wollte es im Waffengeschäft anschauen lassen. Eigentlich wollte ich es aus dem Haus haben, nicht das die Kinder es irgendwann in die Finger bekommen und ein Unglück passiert. Entschuldigung, ich red grad wild durcheinander, aber mein Kopf ist ganz konfus.

In Zwiefalten sah ich dann plötzlich das Auto vom Jakob vor mir, er bog gerade Richtung Upflamör ab, so wie ich auch. Wenig später fuhr er in einen Waldweg. Keine Ahnung, warum ich ihm gefolgt bin. Irgendwie war ich neugierig was er so treibt, der berühmte Heiler. Von Weitem sah ich, wie er auf einem Wanderparkplatz hielt, das Auto abstellte und mit seinem Hund im

Wald verschwand. In mir brodelte plötzlich die ganze Geschichte mit Gabi wieder hoch – der feine Herr Homöopath konnte hier seelenruhig spazieren gehen und meine arme Gabi lag im kalten Grab. Ich wurde immer wütender. Ohne groß was zu denken, parkte ich neben ihm auf demselben Parkplatz. Dann nahm ich das Gewehr aus dem Kofferraum und ging dem Jakob vorsichtig hinterher. Fragen Sie mich nicht, warum ich es mitgenommen habe, aber es war so. Er war ahnungslos und auch sein Hund bemerkte mich wohl nicht. Irgendwann stand er dann still, der Jakob, und betrachtete lange einen alten dicken Baum neben einer kleinen Schutzhütte auf einer Lichtung, etwas abseits vom Weg. Ich hab wie ferngesteuert mein Gewehr hochgehoben und gezielt. Wollte ihn nur mal so ins Visier nehmen. Ob ich wirklich abdrücken wollte, weiß ich bis heute nicht, aber der Abzug war hochempfindlich und es löste sich ein Schuss. Ich sah Jakob fallen und stand erst einmal starr vor Schreck. Den Hund hörte ich verschreckt jaulen und davonjagen. Nach einiger Zeit ging ich zu Jakob hinüber und sah, dass er in die Brust getroffen war. Jede Hilfe kam zu spät, ich hatte ihn erschossen.«

»Sia hen den Herrn Jakob also bloß a bissle verschiasa wella, und des isch dann leider schiefganga«, murmelte Zondler leise vor sich hin.

»Und dann? Dann haben Sie ihn in der Hütte versteckt?«, wandte er sich nun lauter an Lehmann.

»Ich war fix und fertig und in absoluter Panik. Was hatte ich getan? Ich hab nur noch gedacht: der muss hier weg. Mit aller Kraft zerrte ich ihn in die Hütte. Das dauerte ziemlich lange und war furchtbar anstrengend. Der Jakob ist ein großer Mann gewesen und Tote haben ein unglaubliches Gewicht.«

»Und wie war das mit dem Zettel in seiner Hosentasche?«

»Ach das mit der Notiz: *Gleiches mit Gleichem. Ein Leben für das andere.* Ich wollte eine falsche Spur legen, aber das ging wohl gründlich schief.

Dass ich mich selber damit verdächtig mache als Angehöriger, hab ich nicht bedacht. Aber irgendwie hörte es sich für mich richtig an. Meine Wut auf Jakob hat sich im Verlauf der letzten Monate immer mehr und mehr gesteigert. Ich bin schier erstickt daran. Meine Gabi hätte sicher noch längere Zeit leben dürfen, wenn sie in ein Krankenhaus gegangen wäre. Wissen Sie, ich hatte ein sehr enges Verhältnis zu ihr, sie war mein einziges Kind und dann musste ich zusehen, wie sie …«, stammelte der alte Mann. Ihm brach die Stimme, er konnte nicht weitersprechen.

»Was ist mit dem Hund, Herr Lehmann, haben Sie den noch mal gesehen?«, versuchte ihn Zondler wieder auf den Tathergang zu lenken.

»Der Hund hat mich sicher von Weitem beobachtet, gesehen habe ich ihn nicht. Der wartete wohl, bis ich weg war. Es stand ja in der Zeitung, dass er bei der Leiche saß.

Ich bin natürlich nicht mehr zum Waffengeschäft. Der Chef dort hätte ja gleich gemerkt, dass aus der Waffe geschossen worden ist. Also bin ich über einen größeren Umweg wieder heim, hab dort das Gewehr geputzt und wieder auf dem Speicher versteckt. Meine Frau weiß überhaupt nicht, dass es existiert.«

Er unterbrach sich, weil Frau Lehmann in dem Moment aus dem Haus trat und den Männern doch etwas zu trinken brachte. Sie traute sich nicht zu fragen, um was es in dem Gespräch ging, aber dass es etwas Ernstes war, bemerkte sie sofort. Schweigend stellte sie Flaschen und Gläser auf den Tisch und verschwand dann wieder.

»Und wie war das mit dem Fritz Merkle? Haben Sie den auch auf dem Gewissen, Herr Lehmann? Erzählen Sie uns doch, wie das war mit der gestohlenen Krankenakte Ihrer Tochter.«

»Also, das war überhaupt keine Absicht, eher Notwehr. Und auch nicht so wie Sie denken. Ja, ich bin um Jakobs Haus rumgeschlichen, weil ich die Akte holen wollte. Früher oder später würde die Polizei feststellen, dass Gabi Patientin war. Das wollte ich vermeiden. Vielleicht hatte Udo auch schon davon erzählt, aber besser war es allemal, wenn die Akte weg war. Zudem interessiert es mich sehr, was Jakob überhaupt therapeutisch veranlasst hatte. Wie gesagt, ich hielt ihn für einen Scharlatan. Wie man ins Haus kommt, wusste ich. Die Schlüssel werden hier immer an den gleichen Stellen versteckt.

Ich bin rein und hab auch recht schnell gefunden was ich gesucht habe. Weil ich nun schon da war, hab ich noch ein paar andere Ordner mitgenommen, damit es nicht so augenfällig war, dass grade dieser eine fehlte. Gabis Krankenakte hab ich hier im Geräteschuppen versteckt. Die von den fremden Patienten habe ich gleich am nächsten Tag im Ofen verbrannt.«

»Ja, im Schuppen sind wir fündig geworden.«

Lehmann sah kurz etwas irritiert zu seinem Schwiegersohn. Am Morgen hatte er die Akte doch noch hinter den Mausefallen hervorlugen sehen. Dann sprach er weiter.

»Beim Abschließen an der Gartentür schrie mich auf einmal der Merkle von hinten an und schlug mir noch die Faust in den Magen, als ich mich zu ihm umdrehte. Mir ist ganz schlecht geworden, aber dann hab ich mich natürlich gewehrt und weil da halt die Schaufel so geschickt neben der Tür stand … Ja, ich hab sie genommen und dem Merkle über den Kopf gehauen. Er ist liegen geblieben. Ich dachte, er sei bewusstlos. Ich wollte ihn nicht umbringen, glauben Sie mir! Das ist alles. Ich kann es nicht erklären, irgendwie kam eins zum andern. Es tut mir leid, vor allem weil ich unsere Familie in große Schwierigkeiten bringe. Und wegen dem Merkle und wenn's sein muss auch wegen dem Jakob.«

Den Blick auf Winter gerichtet, sagte er: »Vielleicht könnt ihr mir irgendwann verzeihen. Und versuch bitte, es Constance und Melanie schonend beizubringen.«

»Ja, Gottfried, das wird schwer. Mir tut das alles auch sehr leid. Vielleicht hätten wir öfter miteinander reden sollen. Ich meine über Gabi. Du hast immer nur geschwiegen und alles in dich reingefressen, deine ganze Trauer und die wandelte sich dann in Wut. Das musste ja irgendwann mal raus, aber dass es gleich so eskaliert! Dir ist klar, dass wir dich in Untersuchungshaft nehmen müssen. Komm, wir gehen zusammen rein und packen ein paar Sachen zusammen. Ich red auch mit Ilse.«

Die beiden erhoben sich und gingen ins Haus. Zondler blieb sitzend und sah sich traurig im Garten um. Die arme Frau Lehmann, jetzt würde sie alleine hier für Ordnung sorgen müssen. Ihr Mann fiel sicher einige Jahre aus, das war ein eindeutiger Mord, dazu vielleicht ein Totschlag, da kam ganz schön was zusammen. Von innen hörte man lautes Schluchzen, Frau Lehmann wusste also Bescheid. Kurz darauf kamen Winter und sein Schwiegervater wieder aus dem Haus und gingen Richtung Dienstwagen. Von Frau Lehmann war nichts zu sehen. Herr Lehmann wurde von ihnen in Reutlingen bei der Polizei abgeliefert und kam nach der erkennungsdienstlichen Behandlung in Untersuchungshaft.

Winter fuhr mit Zondler zurück nach Indelhausen, wo sein Auto noch stand. Außerdem musste er nach Oma Lehmann sehen und sie, wenn möglich, zu sich nach Hause mitnehmen. Sie sollte jetzt nicht alleine sein. Zondler fuhr nach Hayingen in den Gasthof Kreuz. Dort erzählte er beim Abendessen alles haarklein seinem Kollegen Aichele, der ihn schon gespannt erwartete.

»Aber was hat er zu den Plastikhandschuhen gesagt?«, fragte Aichele nach.

Verblüfft starrte Zondler ihn an.

»Heidanei, die hen mir ganz vergessa! Des isch komisch! Gut, dass du so aufpasst hosch, Aichele! Des müsstet mir dann noch klära.«

Sie beschlossen, diese Nacht noch im Hotel zu verbringen und morgen ihre Zelte in Hayingen abzubrechen. Der Fall war gelöst.

Spät am Abend, als er mit Jette telefonierte, musste Zondler alles noch einmal erzählen. Auch sie stimmte es traurig, was sie hörte. Der alte Mann tat allen leid, aber immerhin hatte er zwei Menschen umgebracht. Zondler versprach, sich am nächsten Abend zu melden, wenn er wieder daheim in Stuttgart wäre. Und Jette freute sich, dass nun vorläufig wieder ein geregelter Alltag einkehren würde. Wahrscheinlich nicht für lange, denn es gab Neuigkeiten von der Buchhandlung in Hayingen zu berichten. Herr Kauffmann hatte eine Zusage für die Stelle in Friedrichshafen bekommen. Somit konnte sie an die Verwirklichung ihres Traums gehen. Aber das wollte sie erst morgen mit Peter besprechen, für heute war sein Kopf bestimmt zu voll.

Am nächsten Morgen beim Frühstück war seltsamerweise die Festnahme von Lehmann schon Gesprächsthema im Frühstücksraum der Wirtschaft. Frau Eisele hatte gestern wohl große Ohren gemacht, als sich die Beamten unterhielten. Sie konnte es nicht lassen, ihr Wissen an ihren Mann weiterzugeben und der an den Koch und der an Mila und so machte es wohl die Runde. Jedenfalls schien jeder Bescheid zu wissen.

Winter fühlte sich natürlich äußerst unwohl, weil die Hayinger wussten, dass sein Schwiegervater in Untersuchungshaft war. Er war heute recht früh in den Gasthof Kreuz gekommen, um Zondler und Aichele zu verabschieden, die nach Esslingen zurückkehren wollten. Die beiden hatten auch schon gepackt und waren inzwischen dabei, sich von Frau Eisele die Rechnung zusammenstellen zu lassen. Bei Zondler war das etwas kompliziert, war doch ein Teil noch normaler Urlaub gewesen, der andere dann dienstlich. Jettes Teil musste man natürlich abziehen, denn die Kostenstelle würde ihm was erzählen von wegen auf Staatskosten mit der Freundin in einem Hotel logieren. Nein, nein, das musste alles ordentlich abgerechnet werden. Aber irgendwann war alles zur Zufriedenheit von Zondler und auch von Frau Eisele, denn er hatte sich nicht lumpen lassen und ihr ein großzügiges Trinkgeld aus privater Tasche gegeben. Sie verabschiedeten sich in der Gaststube von Udo Winter. Es war fast ein wenig traurig, sie hatten wirklich gut zusammengearbeitet.

Plötzlich öffnete sich die Türe und sie sahen den Schopf von Nico Spengler vorsichtig hereinschauen. Er wirkte sehr nervös und unschlüssig.

»Ach, da ist ja der abgängige Herr Spengler!«, sagte Winter.

»Wissen Sie, dass ich Sie überall gesucht habe? Wo haben Sie denn gesteckt?«

»Ich, ich…, also ich war unterwegs. Musste eine Weile weg und bin erst vorhin nach Hayingen zurückgekommen. Und da hab ich gehört, dass Sie den Mörder geschnappt haben. Von dem Jakob. Und gestanden hat er auch, hat Frau Eisele gesagt.«

»Ja, das stimmt. Aber warum interessiert Sie das so brennend? Sie sind ganz durch den Wind, was ist denn los?«, hakte Zondler nach.

»Nur so, den Herrn Lehmann kenn ich flüchtig von der Wirtschaft hier, der war ab und zu mal zum Essen da. Ein netter Mann. Ich hätte das nie von ihm gedacht und das beschäftigt mich halt. Und was ist mit dem Fritz Merkle? Den hat er auch umgebracht?«

»Hat er gesagt, ja. Dann wird's wohl auch so sein. Das ist eine böse Sache für den Herrn Lehmann und vor allem für seine Frau.«

Nico wurde immer unruhiger und schien zu schwitzen. Er sah insgesamt furchtbar aus. Die Hose dreckig, die Jacke ebenso. Die Haare strotzten vor Fett und er roch nach ungewaschenem Mensch. Zondler hätte ihn am liebsten erst mal zum Duschen verdonnert.

»Wie lange muss er wohl in den Knast deswegen?«, fragte Spengler.

»Da kommen schon etliche Jahre zusammen, schließlich war es Mord und das mit Merkle zumindest ein Totschlag.«

»Scheiße.«

Nico verstummte und sah verbissen zu Boden. Nach geraumer Zeit hob er den Blick.

»Ich glaub, ich muss da was erzählen«, sagte er leise.

Die Männer merkten, dass da ordentlich was im Busch war, und setzten sich zusammen mit dem kleinlauten Spengler ins Nebenzimmer.

»Schieß los, was ist passiert«, sagte Aichele, dem unwillkürlich das Du rausrutschte.

»Ich hab den Lehmann gesehen in der Nacht, als er beim Jakob war. Ich war in der Scheune und wollte gerade gehen, da seh ich ihn vorbeihetzen Richtung Straße. Es hätte sein können, dass da noch mehr Leute sind, deshalb bin ich wieder zurück in die Scheune und hab eine Weile gewartet. Als sich nichts gerührt hat, bin ich raus und auf dem Hof fast über den Merkle gestolpert, der wohl am Boden gelegen hatte und sich grad wieder hochrappelte. Der fing sofort an, mich zu beschimpfen und zu verfluchen. Ich hätte ihn niedergeschlagen und umbringen wollen. Er hätte mich genau gesehen und wisse, was ich da mache. Gleich nachher würde er die Polizei anrufen und dann käme ich endlich in den Knast wegen der Drogen und wer weiß, was ich sonst noch alles auf dem Kerbholz hätte. Richtig laut war der alte Sack. Sie wissen, der konnte extrem ekelhaft sein. Naja, ich war wirklich nicht ganz unschuldig, aber von Umbringen und so kann keine Rede sein. Ich hatte ja gesehen, dass der Lehmann abgehauen ist, also war der das wohl gewesen. Jedenfalls hat der Merkle dermaßen laut gezetert und nicht aufgehört, dass bei mir irgendwas ausgesetzt hat. Ich wollte ihn einfach zum Schweigen bringen und da lag dann dieses Plastikding und ich weiß nicht wie – ich hatte es plötzlich in den Händen und legte es um Merkles Hals. Ehrlich, ich dachte nicht, dass der Typ gleich abnippelt, ich wollte ihn nur mal kurz zum Schweigen bringen. Ich schwör's bei meiner Mutter, ich hab nicht mal richtig zugedrückt und auf einmal war der Merkle ganz ruhig und schlaff. Ich hab mir schier in die Hosen gemacht vor Angst. Bin auf und davon und erst mal untergetaucht. Das war kein Spaß die letzten Tage, ich hab Blut und Wasser geschwitzt.«

»Aber Sie haben uns doch den Fund der Leiche gemeldet, Herr Spengler. Und wir haben Sie am Tatort angetroffen«, warf Zondler ein.

»Ich dachte, das ist unverdächtiger, und dass meine Fingerabdrücke sicher eh überall zu finden sind. Dann geb ich lieber gleich zu, dass ich dort war. Sozusagen nur ein Stück von dem, was passiert ist. Was glauben Sie, was mich das an Überwindung gekostet hat!«, berichtete der junge Mann.

»Ganz schön abgebrüht. Und, was hat Sie bewogen, heute zu uns zu kommen und uns die Geschichte zu erzählen?«, fragte Zondler.

»Ich hab eingesehen, dass ich das nicht durchhalte. Und der alte Herr Lehmann, der hat mir auch leidgetan. Ich kann da nicht mit leben, dass der für mich den Kopf hinhält und auch noch selber glaubt, dass er den Merkle umgebracht hat.«

»Was hatten Sie denn eigentlich so Wichtiges auf Jakobs Gelände zu tun?«, fragte Winter, obwohl er die Antwort natürlich wusste.

»Ich wollte noch ein letztes Mal nach den Haschischpflanzen schauen. Ist doch schade drum, wenn die nicht abgeerntet und verwendet werden«, sagte Nico kleinlaut.

»So kann man's auch sehen«, meinte Aichele.

»Aber immerhin, ganz innen drin bist du doch kein so übler Kerl. Immerhin lässt du den Herrn Lehmann nicht für deinen Ausraster büßen.«

»Also gut, das sind zumindest teilweise gute Nachrichten. Jetzt haben wir endlich alle Puzzleteile zum Fall. Udo, nimmst du dich des jungen Mannes an?«

Sie verließen das Nebenzimmer kurz, um draußen weiter zu reden.

»Also Kollegen, des mit dem Herzversagen behalten wir noch kurz für uns. Der Spengler soll ruhig noch eine Weile glauben, dass der Merkle erstickt ist. Schätze, der hat jetzt mal einen richtigen Dämpfer gekriegt. Vielleicht kriegt er ja doch noch die Kurve und es wird etwas Ordentliches aus ihm. So, und wir würden dann nämlich aufbrechen Richtung Neckartal. Alles andere lässt sich ja schriftlich und telefonisch regeln. Ich wünsch dir viel Glück und dass es nicht so schlimm wird mit deinem Schwiegervater. Du hast es wahrlich nicht leicht in nächster Zeit. Übrigens, unsere Zusammenarbeit war sehr gut, ich werde dich lobend erwähnen in Esslingen! Und wir sehen uns hoffentlich bald mal wieder. Vielleicht irgendwann hier im Gasthof Kreuz, wäre doch schön.«

»Ja, das hoffe ich auch, oder spätestens wahrscheinlich vor Gericht«, sagte Udo Winter und verzog schmerzlich das Gesicht.

»Deine Jette hat erzählt, dass ihr euch hier niederlassen wollt, ich meine jetzt den Buchladen, den sie übernimmt. Also sehen wir uns vielleicht doch ab und zu. Das würde mich sehr freuen.«

»Stimmt, es stehen große Veränderungen an. Und ich find's gut. Ist ja das reinste Paradies hier, wenn man von Mord- und Totschlag einmal absieht. Oh, entschuldige, war nicht persönlich gemeint.«

Nach einem kräftigen Händedruck ging Winter zurück ins Nebenzimmer zu Nico Spengler. Die beiden Kommissare verließen die Wirtschaft. Beim Einsteigen zögerte Aichele an der offenen Autotür.

»Woisch was, Zondler, mir könntet doch einen kleinen Abstecher nach Glückhausen macha. Den Buckel von der Alb nunter müsset mir sowieso, dann fahra mir über Kirchheim, dann nach Glückhausen in da Hirsch und von do hoim nach Esslinga. Des schenkt sich nix!«, meinte Aichele zu seinem Kollegen Zondler.

»Also, Aichele, manchmol ka ma di wirklich braucha, du bisch gar net so bled! Prima Idee, des machet mir!«, antwortete Peter Zondler, dem schon das Wasser im Mund zusammenlief.

Sie stiegen ein und setzten sich endgültig in Bewegung. Aichele hatte sich schon am Vorabend von Mila verabschiedet. Sie waren zwar beide traurig gewesen, aber er hatte nicht den Eindruck gehabt, dass ihr das Herz brach. Ihm schon eher. Man würde sehen, ob das weiterging oder nur eine nette Episode aus Hayingen bleiben würde. Er selber hoffte sehr auf eine Fortsetzung.

Nach einer guten Stunde fuhren sie auf den Parkplatz vom Gasthof Hirsch in Glückhausen. Es war fast Mittag. Sie waren durch Nico Spenglers plötzlichen Auftritt doch recht spät aus Hayingen weggekommen. Die beiden stiegen die ziemlich steile Treppe zur Wirtschaft hinauf und öffneten die Tür der Gaststube.

»I glaubs net, was wellet denn Sie scho wieder bei uns? Isch was passiert?«, lautete die erstaunte Begrüßung der Hirschwirtin.

»Noi, noi, koi Sorg! Mir sind ganz privat hier. Sozusagen auf der Durchreise und die Sehnsucht nach ihrem Kartoffelsalat und de Maultascha hot uns hertrieba«, antwortete Zondler.

»Dann nix wia noghockt, die Herren, i bring Ihne glei d' Speiskart. A Bier oder zwoi?«, fragte die Wirtin lächelnd.

Aichele und Zondler sahen sich an.

»Zwoi bitte, mir hend heit vollends frei«, lautete die Antwort der beiden Kriminalbeamten.

Sie saßen da und ließen es sich schmecken. Der eine oder andere Stammgast kam ihnen von ihrem letzten Fall mit der verschwundenen Bürgermeisterin noch bekannt vor. Auch sie wurden erkannt und am Stammtisch wurde geflüstert. Aber man ließ sie in Ruhe.

Nach dem Essen machten sie sich langsam auf den Weg ins Präsidium. Die Bundesstraße war verstopft wie immer. Die schlechte Luft und die vielen Menschen fielen beiden viel mehr auf als sonst nach der ruhigen Zeit auf der Alb. Aber sie freuten sich auch auf die vertraute Amtsstube und die Kollegen.

Zondler traf sich am Abend mit Jette im »Hoorschlotzer« und erzählte ihr von der überraschenden Wendung am Morgen.

»Also wirklich, das hätte ich nicht gedacht von dem Nico. Der wirkte eher ein wenig einfältig als gewalttätig. Offensichtlich hat der so Muffe gekriegt wegen der Hanfpflanzen, dass er nicht mehr wusste, was tun. Immerhin ist der Lehmann etwas entlastet, aber der Mord an Jakob ist schon schlimm genug. Verstehst du das? Wie kann man so hassen?«

»Oh, das ist für manche Menschen recht einfach, und wenn der Hass dann noch über Monate genährt wird, dann verschiebt sich die Realität vollends. Die Gabi war sein einziges Kind und er war wohl sehr eng mit ihr verbunden. Die restliche Familie trauerte zwar auch um sie, aber die konnten besser damit umgehen und darüber reden. Lehmann hingegen akzeptierte den Tod seiner Tochter in keinster Weise und suchte einen Schuldigen dafür. Den fand er in der Person des Homöopathen Jakob.

Aber jetzt erzähl du mal. Was gibt es Neues bezüglich Buchladen?«

Zondler wollte gerne das Thema wechseln und sich Erfreulicherem zuwenden. Jette legte mit rosig gefärbten Wangen sofort los und redete sich in Begeisterung.

»Stell dir vor Peter, der Kauffmann hat den Job in Friedrichshafen! Er verpachtet mir den Laden nebst der kleinen Wohnung obendrüber zu einem wirklich fairen Preis! Den Warenbestand werde ich wohl erst einmal übernehmen, bis ich mir einen Überblick verschafft habe. Ach ja und kündigen muss ich hier bei ›Lesezeit‹ natürlich auch noch. Es gibt auf jeden Fall wahnsinnig viel zu tun in nächster Zeit!«

»Super, das sind gute Nachrichten! Du glühst ja richtig vor Begeisterung. Prost Jette, auf unser zukünftiges Landleben!«

Peter Zondler hob sein Glas und stieß mit Jette auf eine turbulente und spannende Zukunft an. Es würde sich wirklich einiges ändern. Er wusste beispielsweise noch nicht, dass Jette den Collie von Jakob in ihr neues Leben mitbrachte. Am Morgen hatte sie im Tierheim angerufen und denen gesagt, dass sie Glenn in absehbarer Zeit zu sich nehmen könne. Sie war sich sicher, auch das würde Peter verkraften, er war bestimmt froh, wenn sie die Woche über in Hayingen nicht alleine war. Sie trank noch einen Schluck und strahlte übers ganze Gesicht. Es würde viel passieren und sie freute sich darauf!

Bedanken möchte ich mich:

bei Andy für den Buchtitel

bei Vera für die Skizze der Wanderung

bei meinem Lektor Bernd Weiler für Rat und Tat

beim Oertel + Spörer Verlag

und bei meinem Homöopathen, der sich glücklicherweise bester Gesundheit erfreut